FREMDE HEIMAT

von

ANNA RUDY

AF187771

Über das Buch

In den 15 Kurzgeschichten von Anna Rudy wird der Blick auf Menschen
gelegt, die sich in einer fremden Welt orientieren, die mit der komischen,
traurigen oder absurden Erfahrung von Fremdheit zurechtkommen müssen.
Jede Geschichte steht für ein persönliches Schicksal, ist ein kleiner Mosaik-
stein. Zusammengewürfelt durch die Migration, vermischt in der neuen
Umgebung, vermitteln diese Schicksale die Vielfalt, die ein so multikulturelles
Land wie Deutschland heute auszeichnet. Die meisten Geschichten werden
aus der Ich-Perspektive erzählt. Dabei taucht der Leser hautnah in die Welt
des Protagonisten ein und erlebt gewöhnliche Situationen aus einer neuen
Perspektive.

ANNA RUDY

FREMDE HEIMAT

Bibliografische Information der Deutschen Nationalbibliothek:
Die Deutsche Nationalbibliothek verzeichnet diese Publikation
in der Deutschen Nationalbibliografie; detaillierte bibliografische
Daten sind im Internet über dnb.dnb.de abrufbar.

Herstellung und Verlag:
BoD – Books on Demand, Norderstedt

ISBN: 978-3-7494-0713-2

Danksagung:

Alfred und Vera Lipets,
Julia Fercht und Alexander Rudy,
Maria und Katja Rudy, Michael Bareev-Rudy.
Ohne eure Hilfe wäre dieses Buch nicht entstanden.

Inhalt

Die Stute
zwei
drei
fünf

·······················

fünf
drei
zwei
Die Stute

Die Stute zwei-drei-fünf

… und dann kommt tatsächlich die Einladung. Ich wusste, dass etwas Wichtiges geschehen wird. Ich hatte vergangene Nacht von Raben geträumt. Wenn ich diese Raben im Traum sehe, passiert danach etwas Wichtiges.

Ich stehe vor dem Schuleingang, wie immer, und warte auf Fatma. Ich stehe immer da, links vom Haupteingang, unter der Linde. Wenn es klingelt, ploppen die Kinder aus der Schultür wie die Erbsen aus der Schote. Meine Fatma kommt fast immer zum Schluss. Ernsthaft und ruhig, wie ich es ihr beigebracht habe, wie ein Mädchen aus guter Familie. Vor dem Schultor stehen andere Mütter, sprechen miteinander, rauchen, halten kleine Hunde an der Leine. Die bunten Roller für ihre Kinder haben sie auch dabei. Sie stehen immer da, im Kreis, erzählen etwas, lachen miteinander. Ich lächle sie an, sage vorsichtig: „Huten Tah", und stelle mich etwas abseits, unter die Linde. Ich würde gerne wissen, was sie besprechen und worüber sie lachen, aber ich kann sie leider noch nicht verstehen. Ich lerne Deutsch, aber das ist eine komplizierte Sprache. Ich übe so, wie die Lehrerin es mir bei dem Deutschkurs sagte, schalte das Radio an, während ich koche oder putze, und versuche es zu verstehen. Dann, ich weiß nicht, wie es passiert, fange ich an, an Fatma zu denken und das Radio stört mich dabei nicht.

Was für ein Glück, denke ich, Allah sei Dank, dass ich eine Tochter habe. Das haben wir uns immer gewünscht, Hassan und ich, eine Tochter. Alle Männer wünschen sich einen Sohn, aber Hassan wollte schon immer eine Tochter haben. Vielleicht gibt uns Allah noch ein Kind, aber wir waren froh, dass wir keinen Säugling an der Hand hatten, als wir vor dem Krieg fliehen mussten. Wie es den Nachbarn mit den kleinen Kindern ergangen ist, wissen wir immer noch … Aber Fatma, unsere kleine Prinzessin, hat alles ganz gut überstanden. Sie kann wieder gut essen und schlafen und, wenn Allah das will, bekommt sie bald eine Freundin in der Schule, die sie sich so sehr wünscht. Ich bete auch für sie. Sie soll ihre beste Freundin bekommen! Ich stehe unter der Linde und es klingelt. Schulschluss. Die Kinder rennen wie eine Fohlenherde quer über den Schulhof zum Ausgang. Ganz vorne, und ich traue meinen Augen nicht, ganz vorne läuft meine Fatma. Haare vom Wind zerzaust, große Augen, den Mund weit geöffnet. Was soll denn das bedeuten?! Habe ich ihr etwa nicht beigebracht, wie sich ein vernünftiges Mädchen benehmen soll? Oder stimmt etwas nicht mit ihr? Fatma stürmt durch das Schultor, rennt an dem Mütterkreis vorbei und wirft mich fast um.

„Ich habe das", flüstert sie atemlos. Ich versuche eine ernste Miene zu machen, um sie für ihr unsägliches Benehmen zu tadeln, aber das gelingt mir nicht. Fatmas Gesicht glüht, ihre Augen werfen Funken, dichte schwarze Augenbrauen bewegen sich schnell auf ihrer glatten schneeweißen Stirn. Ich bewundere ihre Schönheit! Allah sei Dank, er hat uns so ein schönes Kind geschenkt.

„Ich habe das", sagt Fatma etwas lauter und ich merke erst jetzt einen Briefumschlag in ihrer Hand.

„Was ist das, Fatma?"

„DIEEINLADUNG", singt sie in einem Atemzug in dieser für uns beide neuen Sprache. „Carla hat mich zu ihrem Geburtstag eingeladen", erklärt sie mir dann strahlend und lächelt übers ganze Gesicht: „Ich habe jetzt eine Freundin!"

„Fatma …", mir stehen Tränen in den Augen. „Fatma! Was für ein Glück!" Ich bin so froh, mir wird das Herz so leicht. Eine Freundin für Fatma. Ich habe nicht umsonst von Raben geträumt. Meine Tochter hat jetzt eine Freundin. Allah hat unsere Gebete erhört. „Hassan", sage ich meinem Mann nach dem Essen, „Allah hat unsere Gebete gehört." Hassan schaut mich fragend an. Er hat ziemlich abgenommen, obwohl wir jetzt gutes Essen haben. Die schwere Arbeit macht keinen hübscher. Seine Augen sind gerötet, er muss dringend ins Bett, weil er morgen sehr früh aufstehen muss. Hassan sieht mich weiter fragend an.

„Fatma hat eine Freundin in der deutschen Schule gefunden!"

„Gut", nickt er zustimmend, „und wie heißt sie?"

„Sie heißt Carla und sie hat Fatma zum Geburtstag eingeladen!", sage ich mit einer festlichen Stimme und zeige ihm den Briefumschlag und die schöne Karte.

„Sehr schön, sehr schön", sagt Hassan und gähnt.

„Hassan, freust du dich denn nicht?", schreie ich ihn fast an, obwohl ich weiß, wie schrecklich müde er ist.

„Ich freue mich, ich freue mich", beruhigt mich mein Mann.

„Gut", sage ich zufrieden und schaue in seine müden, schwarzumrandeten Augen. „Gehen wir schlafen?"

„Nein. Erzähl noch mal die ganze Geschichte". Und ich erzähle bereitwillig alles von vorne.

„Was willst du ihr denn schenken?", fragt mich Hassan und ich staune nicht schlecht. Wie schafft es mein Mann, meine ganze Freude in Sorge umzuwandeln? An ein Geschenk habe ich bei all dem Tumult gar nicht gedacht. Die ganze Nacht wälze ich mich im Bett und überlege, was wir wohl Carla, dem Mädchen, schenken sollen: bunte Bleistifte, eine Puppe mit geschminkten Augen? Ich hätte gewusst, was ich zu Hause Freundinnen meiner Tochter hätte schenken könnten. Aber was wünschen sich die deutschen Mädchen? Das weiß ich nicht.

Am Morgen bin ich schlechtgelaunt und gar nicht ausgeschlafen. Ich habe Kopfschmerzen und keine Lösung. Nachdem ich Fatma zur Schule bringe, öffne ich erstmals unseren Schrank. Wir haben schon viele Sachen in diesem Schrank, dank all den Menschen, die uns geholfen haben. Ich suche für Fatma eine schöne weiße Bluse und einen passenden Rock dazu. Sie wird wie eine Blume aussehen, mein Mädchen! Ich mache meine Hausarbeit und beruhige mich allmählich. Was kann denn schon schief gehen? Wir werden ein schönes Geschenk für die Freundin meiner Tochter, Carla, aussuchen. Wir haben noch Zeit. Der Geburtstag ist erst in zwei Wochen. Das steht in der wunderschönen Karte, die Fatma bekommen hatte, „EINLADUNG", auf Deutsch.

„Huten Tah", sage ich höflich, wie immer, und gehe zu meinem Platz unter der Linde. Jetzt bin ich doppelt aufmerksam. Ich schaue, was die anderen Mädchen tragen. Wie sieht es wohl bei ihnen zu Hause aus? Welche Spielzeuge haben sie? Spielen sie mit Puppen oder lieber mit Autos? Ich spähe auch auf den Kreis der anderen Mütter, vielleicht ist die Mutter von Carla eine von ihnen? Lauter Gong: Der Schultag ist beendet. Fatma kommt heute, wie gewohnt, als Letzte aus der Schule heraus, stolziert über den Schulhof zu mir. Die anderen Mütter haben ihre Kinder schon auf die glänzenden Roller gestellt und gehen langsam die Straße entlang. Ich schaue ihnen nach und denke, dass Carla bestimmt schon einen Roller hat. Ich bin so in meine Gedanken vertieft, dass ich gar nicht merke, dass Fatma bereits vor mir steht.

„Huten Tah", begrüße ich sie höflich. Fatma schaut mich ungläubig an, dann lacht sie zufrieden und zeigt dabei ihre kleinen weißen Zähnchen.

„Guten Tag, Mutter", antwortet sie mir laut und das klingt bei ihr richtig Deutsch. Allah, sei Dank! Wir haben so ein kluges Mädchen bekommen.

Wir kommen, wie gewohnt, nach Hause und nach dem Essen zeigt Fatma mir einen Zettel.

„Was ist denn das, mein Spatz?"

„Das hat mir Carla gegeben. Hier steht das, was ich ihr zum Geburtstag schenken soll."

Mir wird auf einmal schwarz vor Augen. Wie kann es denn sein?! Wie wagt sie es denn, eine solche Demütigung über uns zu bringen? Können wir, die Eltern von Fatma, nicht selbst entscheiden, was wir ihr schenken? Haben wir keine Ideen? Ich koche regelrecht vor Wut. Soll ich jetzt meiner Fatma diesen Geburtstag verbieten? Mir ist heiß und kalt zugleich. Ich drehe mich zur Herdplatte um, damit meine schöne Tochter mein verzerrtes Gesicht nicht sieht. Aber Fatma merkt nichts und erzählt fröhlich weiter. Carla hat allen Kindern, die sie eingeladen hat, solche Zettel gegeben. Inschallah, ich atme tief durch. Ich danke Allah, dass er mich von voreiligen Entscheidungen abhält. Wenn dieses Mädchen Carla allen Kindern diese Zettel gegeben hat, dann will sie uns bestimmt nicht damit beleidigen. Vielleicht ist das eine komische deutsche Tradition, solche Zettel mit Geschenkwünschen zu verteilen. Die Deutschen haben viele komische Traditionen, zum Beispiel gute Möbel wegzuschmeißen oder in löchrigen Hosen herumzulaufen. Aber da müssen wir tolerant sein und uns daran gewöhnen. Ich putze die Herdplatte und überlege, wie ich das alles Hassan erzählen soll. Ein Mann ist eben ein Mann. Besonders jetzt reagiert er sehr empfindlich auf alles. Er arbeitet den ganzen Tag und fährt lange hin und zurück, sodass er unser schönes Mädchen nur sieht, wenn es schläft.

Wir sparen und legen Geld zur Seite. Wir wollen ein Auto kaufen. Ein Auto wird uns helfen. Hassan wird dann nicht so lange unterwegs sein und mehr schlafen. Am Wochenende werden wir zum einkaufen fahren und ich werde nicht mehr so viel tragen müssen. „Schweres tragen ist nicht gut für eine Frau", hatte meine Mutter immer gesagt, ruhe sie in Frieden. Und natürlich für Fatma. Sie wird sich auch freuen, wenn wir wieder ein Auto haben. Unseres wurde vor ihren Augen zerstört, unser Haus, unser Garten ... aber ich soll nicht mehr an Trauriges denken. Ich bin froh. Fatma hat eine neue Freundin.

Abends, als Fatma schon längst im Bett liegt, kommt Hassan nach Hause. Er wirkt müde und isst kaum etwas. Ich schone ihn und erzähle nichts von dem Zettel. Als Hassan schlafen geht, fällt mir erst auf, dass ich gar nicht gesehen habe, was auf dem Carlas Zettel steht. Ich hole den Zettel heraus und lese: Firma Wagner. Die Stute. Zwei drei fünf.

Firma ist klar, die Zahlen interessieren mich nicht, die kann ich gut verstehen. Das ist schon praktisch, dass die Deutschen unsere Zahlen übernommen haben. Ich nehme unser Wörterbuch zur Hand und suche die Übersetzung für das Wort „Stute". Als ich es finde, wird mir kalt, dann wieder heiß und dann schwarz vor Augen. Die Stute ist ein Pferd. Ein Mädchen-Pferd. Carla, die neue deutsche Freundin meiner Tochter will, dass Fatma ihr zum Geburtstag ein Pferd schenkt!

Mit Stöhnen lege ich meinen Kopf auf die Tischplatte. Das kann gar nicht wahr sein! Ein tiefes Entsetzen ergreift mich. Ein Pferd! Ich spreche zu mir selbst: „Na? Freust du dich jetzt? Du wolltest doch eine deutsche Freundin für deine Fatma. Warum wundert dich das jetzt? Was soll sich ein deutsches Mädchen zum Geburtstag wünschen? Eine Puppe? Einen Roller? Das bekommen sie alles bei der Geburt. Es ist normal, dass ein achtjähriges Mädchen sich schon ein richtiges Pferd wünscht." Aber was soll ich jetzt damit machen? Ein Pferd! Wie viel soll ein richtiges Pferd kosten, ein Mädchen-Pferd? Bei uns zu Hause hätten wir doch gewusst, wo man das sucht. Vielleicht hätten wir Verwandte aus dem Dorf gefragt. Aber was denke ich bloß! Wer würde schon bei uns einem Mädchen ein Pferd schenken? Inschallah! Was soll ich morgen Fatma sagen? Ich werde ihr sagen müssen, dass sie nicht zu diesem deutschen Mädchen geht. Oh, Allah, du stellst uns auf die Probe! Ich stehe langsam auf und hole den Gebetsteppich. Ich bete lange und meine Gedanken hellen sich auf.

Letztendlich sollen wir dieses Pferd nur kaufen. Das Pferd zu halten ist viel teurer. Al Hamdu li llah[1], ich muss nicht überlegen, wo das Vieh leben wird und was es fressen soll und wenn das Pferd krank wird ... Die Tierärzte sind bestimmt ganz teuer in Deutschland. Dann fallen mir auf einmal die anderen Zettel von Carla ein. Vielleicht hatte sie mit ihren Eltern schon alles aufgeteilt? Ein Mädchen wird eine Tonne Stroh für den Winter schenken, ein anderes ein Jahr Besuche beim Tierarzt übernehmen. Es bleibt nur die Frage: Wozu braucht Carla ein Pferd? In der Stadt? Aber bestimmt haben ihre Eltern einen großen Garten, wo Carla reiten kann. Ich beruhige mich langsam und gehe zu Bett. Eine Tonne Stroh zu besorgen, ohne Auto, wäre noch komplizierter für uns. Ein Pferd kann wenigstens selbst laufen. Mit diesen Gedanken schlafe ich ein.

Am nächsten Morgen frage ich Fatma vorsichtig, ob sie weiß, was auf dem anderen Zettel Carlas steht. Auch etwas über Pferde?

„Oh, ja", bestätigt mir Fatma mit glühenden Augen: „Carla liebt Pferde. Sie hat alles mit Pferden. Ihr Ranzen und Mäppchen. Sie liest auch Zeitschriften mit Pferden und hat ganz viele Bücher über Pferde." Und dann sagt meine Tochter leise: „Mama, ich glaube Carla ist meine allerbeste Freundin." Ich drehe mich schnell zur Spüle, Tränen rinnen über mein Gesicht. Fatma umarmt mich zart

---

1   *Gott sei Dank (arabisch)*

und schmiegt ihren Kopf in meinen Rücken. Sie sieht mein Gesicht nicht, aber sie spürt es.

„Mama, sei nicht traurig", sagt sie: „Wir sind in Deutschland!"

Ich wische mir die Tränen mit dem Ärmel ab und sage brav: „Ich bin nicht traurig, Fatma. Wenn du glücklich bist, bin ich auch glücklich!" Und damit steht mein Entschluss fest, egal wie viel dieses verfluchte Pferd kostet, wir werden es Carla schenken. Fatma wird eine Freundin haben!

Nachdem ich Fatma zur Schule gebracht habe, gehe ich zum Markt und frage erst einmal vorsichtig den Gemüseverkäufer: „Was costa eines Tüte?"

„Nehmen Sie einfach so", bietet mir der Verkäufer den weißen Plastikbeutel an. Der zweite und dritte reagieren genauso und ich merke, dass sie mich falsch verstehen. Dann schreibe ich meine Frage auf und reiche den Zettel zwei Männern, die am Fleischstand bedienen.

„Was kostet eine Stute?", liest der mit dem langen Bart. „Sie wollen eine Stute kaufen, gnädige Frau?", fragt er mich belustigt. Ich habe nur den Anfang von den Satz verstanden und schaue ihn fragend an.

„Ei-ne gan-ze Stu-te kau-fen?", schreit der andere laut und wird im Gesicht ganz rot. Ich weiß nicht: Warum schreien Menschen so laut, wenn man sie nicht versteht?

„Ein Ferd", sage ich und nicke mit dem Kopf.

„Ge-schnit-ten?", fragt der mit dem langen Bart und wird dabei auch ganz laut, während er schwer mit dem Fleischerbeil auf das Plastikbrett hackt.

„Nein, nein. Nicht tot!", sage ich ganz erschrocken und mache Bewegungen, als ob ich reiten würde. Die beiden Männer fangen an zu gackern. Und dann fällt ihnen etwas anderes ein: Es hört sich an wie ein lautes Wiehern, als ob sie selbst Pferde nachahmen.

„Wo will die denn reiten?", fragt der Langbart das Rotgesicht.

„Zum Markt und zurück, wie bei sich in der Wüste", kichert der andere.

Mein Lächeln hängt mir noch im Gesicht, wie die Kruste einer Wunde. Ich kann ihre Worte nicht verstehen, weiß aber genau, dass sie über mich lachen.

Na gut, ich drehe mich um und gehe schnell weiter. Ja Rab! Gut, dass mein Mann das nicht erlebt, wie diese fremden Männer über mich lachen.

Aber Allah ist gnädig, als ich schon fast aus dem Marktgebäude herausstürmen will, treffe ich Sehneb und Hakim. Wir haben uns seit unserer Ankunft in der Stadt nicht mehr gesehen. Wir hatten einiges zusammen erlebt und freuen uns sehr, uns wiederzusehen. Ich erzähle, wie gut es uns hier geht, dass Hassan jetzt eine Stelle hat und arbeitet und dass Fatma in eine deutsche Schule geht und dort eine deutsche Freundin gefunden hat. Sehneb sagt, dass sie sehr froh ist, dass es uns so gut geht, aber sie meint auch, dass Fatma mit den deutschen Freundinnen aufpassen solle.

„Sie haben andere Ideen als unsere Mädchen", sagt Sehnab und zieht eine Augenbraue hoch. Ich lächele verschmitzt. Bis gestern hätte ich das für Unsinn gehalten.

„Was hast du denn da?", fragt Hakim und zeigt auf meinen Zettel. „Musst du jetzt auch aufschreiben, was du zum Essen brauchst?"

„Ah, das? Nicht so wichtig", sage ich leichthin: „Ich wollte nur wissen, wie viel ein Pferd kostet."

„Ein Pferd?", wundern sich die beiden. „Wozu braucht ihr ein Pferd? Kauft lieber ein Auto. Hier reitet keiner und in der Stadt ist es verboten."

Auf einmal kann ich nicht mehr so unbeschwert auftreten. Ich seufze tief und mein Gesicht sagt mehr, als ich es je zu sagen getraut hätte. Hakim nimmt mir den Zettel aus der Hand und sagt nur: „Ich höre nach und rufe dich an."

Manchmal danke ich Allah dafür, dass wir trotz all der guten Menschen in Deutschland noch unsere Landsleute hier haben. Da muss man nichts sagen und nicht viel erklären. Ich umarme die beiden und gehe nach Hause.

Ein Mann ist kein Mann, wenn er sein Wort nicht hält. Am nächsten Morgen ruft Hakim an und diktiert mir einige Zahlen. Ich schreibe sie auf, auf einem neuen Zettel, den ich neben dem von Carla lege. Ich habe eine schöne Handschrift. Und als Beweis dafür liegt jetzt der Zettel mit den schön geschriebenen Zahlen vor mir. Ich bedanke mich bei Hakim, platziere beide Zettel nebeneinander und starre die Papiere eine Stunde lang an. Was ich damit erreichen will, weiß ich nicht. Eigentlich nichts. Was kann man beim Anstarren von Zetteln erreichen? Bevor Hakim anrief, dachte ich, dass dieses „zwei drei fünf", dass neben dem Wort „Stute" auf dem Zettel von Carla stand, eine Zahl in Euro sei. Das war eine sehr hohe Summe. Selbst für ein Hochzeitsgeschenk wäre der Betrag zu hoch. „Aber wir sind in Deutschland", dachte ich, „hier sind es andere Preise." Wir könnten noch mehr sparen, zwei Monate auf Fleisch verzichten. Ich würde mir eine Putzstelle suchen, früh am Morgen oder spät in der Nacht. Das hätten wir sicherlich noch geschafft. Aber nach dem Anruf von Hakim lösen sich alle meine Hoffnungen in Luft auf. In meiner schönen kalligrafischen Handschrift steht auf dem neuen Zettel: Stute: 3.000 – 5.000 Euro, Hengst: 7.000 Euro, Pony: 1.500 – 2.000 Euro.

Ich stehe auf und gehe auf weichen Beinen zu unserem Versteck. Bis jetzt haben wir 940 Euro gespart. Dieses Geld haben wir Tag für Tag zur Seite gelegt, immer, wenn ein bisschen Geld übrigblieb. Warum musste Fatma ausgerechnet solch ein reiches Mädchen als beste Freundin finden? Ich setze mich wieder an den Tisch. Ich fühle mich wie ein geplatzter Luftballon, wie eine Hülle ohne Luft. Meine Gedanken sind weit weg vom Tisch, von unserer Wohnung, von Deutschland. Ich sitze so lange, dass ich fast vergesse, Fatma abzuholen. Als ich auf die Uhr sehe, springe ich auf und eile zur Schule.

Fatma steht schon auf dem Schulhof und spricht mit einem deutschen Mädchen. Wie immer, wenn ich meine Tochter sehe, überkommt mich eine Glückswelle. Was für ein kluges Mädchen hat uns Allah geschenkt! Ich kann immer noch nur „Huten Tah" sagen und mein Mädchen zwitschert wie ein Vogel in dieser fremden Sprache. Als Fatma mich sieht, verabschiedet sie sich von dem anderen Mädchen und rennt zu mir.

„Mama, das ist Carla. Sie ist sehr hübsch, nicht wahr?", fragte Fatma mit Begeisterung. Und plötzlich habe ich eine Idee.

„Fatma, vielleicht sollen wir Carla fragen, wo wir ihr Geschenk kaufen können?" Ich bin fest entschlossen: Wir werden dahin gehen, wo diese reichen Eltern ihre Pferde einkaufen, und handeln. Wenn die Pferdehändler Carlas Familie kennen, werden wir bestimmt ein Pony für 940 Euro aushandeln können. Zur Not habe ich noch meinen goldenen Ehering.

„Warte Mama, ich frage", ruft Fatma und eilt zum anderen Ausgang, wo Carla gerade eine junge Frau begrüßt, bestimmt ihre Mutter. Meine Tochter rennt quer über den Schulhof, schmeißt ihre Beinchen nach vorne, so dass ihr Kleid hochfliegt.

„Wo sind ihre Manieren?", fragte ich mich. „Sie läuft schon selbst wie ein wildes Pferd. Inschallah, Deutschland wird uns verändern."

Ich stehe noch kopfschüttelnd vor dem Zaun des Schulgeländes und merke nicht, dass Carla, ihre Mutter und Fatma von hinten zu mir kommen.

„Guten Tag, ich bin Frau Klingsmann", sagt die junge Frau zu mir. „Ich bin die Mama von Carla und sie sind Frau Farhi, Fatmas Mama?"

„Huten Tah", sage ich freundlich und schaue ganz aufmerksam auf die beiden. Carla und ihre Mutter sehen ganz normal aus, wie deutsche Mamas und Töchter aussehen: gelbe Haare, helle Augen und Stupsnasen. Sie lächeln freundlich, wie alle in diesem Land. Sie sind sehr hässlich angezogen, wie eben alle es hier für normal halten: Beide in Hosen und geschnürten Trainingsschuhen, aber an diese Kleidung habe ich mich schon beinahe gewöhnt. Ich konnte ihnen beim besten Willen nicht ansehen, dass sie so steinreich sind. Sie tragen weder Gold noch Diamanten, sie haben gar kein teures Auto, sondern zwei zerkratzte Fahrräder. Aber sie sind reich, steinreich, so reich, dass sie einem achtjährigen Kind erlauben, sich ein Geschenk zu wünschen, das unsere Familie ruinieren wird. Ich schaue mit Interesse, aber auch mit Würde auf diese Menschen. Egal, wie reich ihr seid, wir sind stolz! Wir sind nicht umsonst durch die schrecklichen Leiden gegangen, wir wissen, was Leben bedeutet. Und unser Leben, unser ganzes Glück, ist unsere Tochter Fatma. Die wunderschöne, kluge Fatma. Und wenn sie sich als Freundin diese reiche Prinzessin ausgesucht hat, dann wird sie sie haben! Frau Klingsmann erzählt mir etwas, während ich meinen Gedanken nachhänge. Dann fragt sie mich mit einem netten Lächeln: „Aber das ist jetzt wahrscheinlich noch zu viel für Sie auf Deutsch?" Ich habe sie wirklich nicht verstanden.

Frau Klingsmann öffnet ihren Rucksack, holt einen Zettel heraus und zeichnet etwas darauf. Ich bin ihr dankbar, dass sie wenigstens nicht genau dasselbe wie vorhin sagen will, laut buchstabierend oder herumbrüllend, wie die Männer von der Metzgerei-Theke. Schließlich zeigt sie mir eine gezeichnete Karte.

„Schauen Sie, das ist die Haltestelle", zeigt sie mir auf dem Plan. „Dann biegen Sie nach rechts ab und dann gehen Sie immer geradeaus und kommen direkt zum Hof, wo man das kaufen kann." Der Stift bewegt sich auf dem Zettel hin und her.

„Eines Tüte kaufen?", frage ich. Frau Klingsmann runzelt die Stirn. Sie hat mich nicht verstanden.

„Ferd kaufen?", frage ich nochmal und zeige auf den Zettel und dann auf Carla.

„Ein Pferd? Ach, ja. Eine Stute. Ja!", sagt sie und ist absolut glücklich, dass sie mich verstanden hat. „Dort kann man eine Stute kaufen. Ein Pferd, ein kleines Pferd", lacht sie.

Sie lacht leicht, wie ein Mensch, der keine Not kennt. Sie lacht, Carla lacht, meine kleine Fatma lacht. Ich habe nichts zum Lachen. Mein Leben steht vor dem Abgrund. Ein falsches gummiartiges Lächeln klebt auf meinem versteinerten Gesicht.

„Tschüss, Fatma, Tschüss Frau Farhi".

„Tschüss Carla, Tschüss Frau Klingsmann", ruft Fatma zurück, ich nicke mit meinem falschen Lächeln und drehe mich zum Ausgang. Auf dem Weg nach Hause fragt mich Fatma etwas, aber ich höre ihre Stimme gar nicht, so verstört mich das alles.

„Mama, was ist los?", fragt Fatma besorgt. „Ist alles in Ordnung mit dir? Du lächelst so komisch."

„Ja, ja. Alles ist in Ordnung, alles ist bestens", sage ich.

Es blieben acht Tage bis zum Geburtstag, bis zu dem Tag, an dem ich unser gespartes Geld für die verwöhnte Carla ausgeben werde. Ich will nicht, dass mir Hassan und Fatma meine Sorgen anmerken. So bin ich froh und lustig und versuche, nicht an dieses Geschenk zu denken. Ich bin so ruhig, weil ich mich entschlossen habe.

Am Samstag ziehe ich meine Fatma dann ganz hübsch an. Ich flechte ihre Zöpfe und hole die schicken Schühchen, die ich vor zwei Monaten in der Kleiderkammer gefunden habe. Fatma ist ein so schönes Mädchen! Schon am Vorabend nahm ich unser ganzes gespartes Geld aus dem Versteck heraus und legte stattdessen einen Zettel für Hassan hinein. Wenn er die leere Schublade entdeckt, sollte er wissen, dass ich das Geld genommen habe.

„Für Fatma", schrieb ich darauf. Ich habe das Geld in eine durchsichtige Folie eingewickelt und legte das Papierröhrchen in meinen BH. Das sollte für die Sicherheit reichen.

Ich ziehe noch meinen goldenen Ring an, für den Fall, dass das Geld nicht reicht. Bis zur Geburtstagsfeier haben wir noch genug Zeit. Das Pferd auszusuchen, zu kaufen und dem verwöhnten Prinzesschen Carla zu schenken. Im Laufe der Tage war meine Sympathie für Carla völlig verdampft. Ich fand es jeden Tag widerwärtiger, dass sie uns in diese Katastrophe gezogen hat. Aber ich kann nicht mehr von meinem Plan abrücken. Aus Stolz, aber vor allem: Ich tue es für meine Fatma!

In meiner Jackentasche liegen alle drei Zettel. Der erste mit der Wegbeschreibung zum Pferdehof, von Carlas Mutter, der zweite mit den Kaufpreisen von Hakim und der dritte, der verhasste Wunsch-, nein: Befehlszettel von Carla.

Der erste Zettel bringt uns zu einem riesigen Gebäude im Stadtzentrum. Von außen sieht es richtig schick aus. Ich kann es mir gar nicht vorstellen, dass die Deutschen in solchen Gebäuden Ställe unterhalten, aber ich wundere mich fast kaum noch über etwas. Wir gehen hinein und ich bin von Neuem überrascht. Es riecht gar nicht nach Pferden, sondern … nach Parfüm. Das ist wie im Wunderland. Eine riesengroße Halle, überall Licht, Spiegel und Glitzerzeug. Von oben hängen gigantische Lampen auf zwanzig

Meter langen Stangen. Die starken Düfte schwimmen durch die Luft, dass ich fast ohnmächtig werde. In der Mitte der Halle befinden sich mehrere Reihen von Rolltreppen und tausende, abertausende Menschen fahren herauf und herunter und verschwinden im Licht und Glanz. Ich bin sprachlos. Mir war nicht bewusst, wie viele Deutsche Pferde halten.

„Mama", flüstert Fatma erstaunt. Sie ist ungewöhnlich leise und klammert sich an meine Hand. Ihre Scheu gibt mir schließlich neue Kraft. Ich nehme entschlossen den Zettel von Carla in die Hand und zeige ihn einer Verkäuferin. Sie versteht das alles sofort und zeigt mir den Weg zur zweiten Etage, wo wir nach rechts abbiegen sollen. Allmählich komme ich wieder in eine tatkräftige Stimmung zurück, allein, es wundert mich nur noch, warum sie Viehzeug nicht im Erdgeschoss verkaufen. Vielleicht haben sie in Deutschland einen speziellen Ausgang für Pferde? Und Pferdeaufzüge? Ich versuche, mich auf alles vorzubereiten. Fatma und ich nehmen die Rolltreppe und fahren nach oben. Fatma schaut mit geöffnetem Mund von der Rolltreppe in die parfümierte und glitzernde Halle hinunter. Ich blicke starr geradeaus, ich will mich nicht ablenken lassen.

Auf der zweiten Etage rechts finden wir keine Pferde. Wir schauen nach links und in der Mitte. Es gibt keine Tiere in diesem Stockwerk. Wahrscheinlich hat die Verkäuferin mich doch nicht richtig verstanden. Ich komme zur nächsten Kasse. Dort bildet sich eine Schlange. Wir stellen uns hinten an und warten geduldig. Als wir an der Reihe sind, halte ich meinen Zettel der Verkäuferin hin. Dann zeige ich nach rechts, dann nach links, und dann zucke ich mit den Schultern.

„Firma Wagner", liest die Verkäuferin von Carlas Zettel ab. „Kommen Sie mit."

Ich halte Fatmas kleine Hand in meiner. Sie ist feucht vor Aufregung. Ich selbst bin schon längst schweißgebadet.

„Ganz ruhig", sage ich uns beiden, „ganz ruhig." Ich werde handeln. Ein kleines Pferd, sagte Carlas Mutter, das habe ich verstanden. Selbst ein ganz kleines Pferd ist ein Pferd und dafür wird unser Geld bestimmt reichen. Die Verkäuferin schlängelt sich durch die Gänge, vorbei an den unendlichen Kleiderstangen mit Anzügen, Hemden und Kleidern. Alles ist voll, übervoll. Die geübte Verkaufs-Dame hat ein so gutes Tempo vorgelegt, dass Fatma und ich schon schwer vom Hinterherlaufen atmen.

Hinter den Kleiderstangen öffnet sich plötzlich eine neue Welt und Fatmas Schritte verlangsamen sich. Eine Spielzeugabteilung: Puppen, Plüschtiere, Spiele - ein Kinderparadies. Mein Mädchen vergisst ganz zu atmen. Die Verkäuferin schreitet entschlossen weiter, ich folge ihr zielstrebig auf Schritt und Tritt. Fatmas Füße folgen zwar den meinen, der Kopf bleibt aber nach hinten gedreht, wie bei einer Puppe. Plötzlich bleibt die Verkäuferin vor einer beleuchteten Vitrine stehen. Einem Glasschrank mit Regalen.

„Bitteschön", sagt sie: „Firma Wagner." Dann schaut sie Fatma freundlich an und fragt „Welche wolltest du haben? Zweihundertfünfunddreißig? Das ist die schöne Stute, nicht wahr?", und sie zeigt auf etwas hinter dem Glas.

Ich verstehe alle Wörter, aber keinen Sinn. Wo sind die Ställe? Die Verkäuferin sieht mein Gesicht und wiederholt alles noch einmal. Erst dann drehe ich mein Gesicht zur Seite und sehe hinter dem Glas die kleinen Plastikfigürchen auf den Regalböden. Der rotlackierte Fingernagel der Verkäuferin zeigt auf ein winziges Plastikpferd. Darunter steht: „Die Stute Nr. 235".

Der Nervenreifen, der mich die ganze Zeit drückte, platzt auf einmal und ich schreie, wie am Spieß: „Eines Tüte? Das dies Tüte?"

Die Verkäuferin macht einen Schritt zurück. Sie nimmt noch mal Carlas Zettel in die Hand und liest laut vor. „Firma Wagner, ist richtig", dabei zeigt sie mit dem roten Fingernagel auf das Schild: „Die Stute Nummer zweihundertfünfunddreißig. Das stimmt so. Sie kostet 7 Euro 95." Diese Summe löst einen neuen Lachanfall bei mir aus. Ich lache und lache und lache und kann mich gar nicht beruhigen.

„Ein kleines Ferd", schnaube ich, „ein sehr, sehr, kleines Ferd", würge ich mit der piepsigen Stimme, durch das Lachen und Tränen, die in Strömen aus meinen Augen fallen. Ich will mich zusammenreißen, kann aber nicht. Die ganze Spannung der letzten Tage sprudelt aus mir heraus, wie der Wasserstrahl aus einem geplatzten Hydranten. Die Verkäuferin verabschiedet sich rasch. Ich nehme Fatma und gehe mit ihr zur Seite.

„Fatma", fange ich ganz ruhig an, „verstehst du? Ein Pferd, ein kleines Mädchenpferd?", und versinke wieder in Schnauben und Piepsen. „Ein klitzekleines Mädchenpferd."

Erst eine halbe Stunde später, in der Toilette, nachdem ich mein Gesicht ordentlich gewaschen habe, kann ich mich langsam beruhigen. Ich erinnere mich jetzt ganz deutlich an das freundliche Gesicht von Frau Klingsmann und ihrer Tochter Carla. Ich hatte alles falsch verstanden.

In der Toilettenkabine packe ich unser erspartes Geld aus der Plastikfolie und nehme entschlossen zwei 20er-Scheine in die Hand. Meine Tochter wird ihrer besten Freundin das beste Geschenk mitbringen. Wir gehen zu der Vitrine zurück und kaufen bei der erschrockenen Verkäuferin die Stute Nummer zweihundertfünfunddreißig, außerdem einen Hengst und ein kleines Pony samt dem Plastikstall für die beste deutsche Freundin meiner Tochter.

MIRKOS
GEBET

Mirkos Gebet

„Mirko, schau mal!" Mohammed stößt mich an der Schulter. Wir stehen an unserem Platz. Er ist rund und liegt zwei Meter höher als die Straße, die unten verläuft. Früher war hier ein Jugendzentrum, in dem wir uns getroffen haben. Seit zwei Jahren ist es wegen Renovierung geschlossen. Es renoviert aber keiner. Kein Geld. Aber wir treffen uns mit den Jungs immer noch an dieser Stelle. Denn von hier sieht man gut, was auf der Straße passiert.

Ein glänzendes Auto parkt direkt unter uns. Ein VW, neues Modell. Ein Mann mittleren Alters, schwarzer Anzug, weißes Hemd mit Krawatte, steigt aus. Er winkt uns freundlich zu und hält etwas in der Hand. Einen Zwanziger.

„Hey, Leute, will jemand Zwanni haben?", sagt Erkan durch die Zähne. Die Jungs schauen misstrauisch.

„Isch gehe nicht hin", sagt Sergej, „der Mann kann Bulle sein."

„Isch auch nicht", meldet sich Andrej, sein Bruder.

„Hey, Mirko, was ist mit dir?", fragt Ifran, „du brauchst doch Geld. Geh mal los."

Ich springe runter, umgehe die Treppen und stehe bald vor dem Mann mit dem Zwanziger.

„Guten Tag", begrüßt er mich freundlich. „Ich heiße Jan Dellbrück. Ich bin Soziologe und führe Studien durch. Wenn du mir hilfst, bekommst du eine Belohnung. Einverstanden?"

„Was soll ich dafür machen?", frage ich vorsichtig, die Hände in die Hosentaschen versteckt.

„Ah, keine Sorge", lächelt mich der Mann an, „nur einige Fragen beantworten."

Er öffnet sein Auto, holt ein Klemmbrett heraus und legt es auf den Kofferraum.

„Wenn du mir alle Fragen beantwortest, bekommst du zehn Euro."

‚So, so' denke ich mir, ‚gewunken hat er aber mit dem Zwanziger.'

„Okay", sage ich laut, „wo soll ich schreiben?"

„Nein, nein", antwortet der Mann mit der Krawatte schnell. „Ich schreibe selbst, du musst nur alles ehrlich und ernsthaft beantworten und nicht schummeln."

‚Du hast schon geschummelt', denke ich und sage: „Okay."

„Wie heißt du?"

„Mirko Kiliç."

„Wie alt bist du?"

„15, werde bald 16."

„In welche Schule gehst du?"

„In die da, um die Ecke." Ich zeige hin.

„In eine Hauptschule", schreibt er mit seiner gut lesbaren Handschrift auf.

„Haben doch keine andere in unserem Viertel", murmele ich und fange an, mich etwas unwohl zu fühlen.

„Aus welchem Land kommst du?"

„Aus diesem", sage ich schon fast ein bisschen aufgebracht, „bin doch hier geboren."

Der Mann nickt.

„Aus welchem Land kommen deine Eltern?"

„Aus Bosnien."

„Welchen Beruf haben deine Eltern?"

„Mein Vater war ein Automechaniker und meine Mutter war Krankenschwester."

„Haben deine Eltern eine Festanstellung?"

„Mein Vater ist im Krieg gefallen und meine Mutter ist krank."

Eigentlich lebt mein Vater noch, aber er hat uns vor sieben Jahren verlassen, als meine Schwester geboren wurde. Aber das sage ich ihm natürlich nicht. Einmal, in der Schule, habe ich meinem Lehrer gesagt, dass mein Vater im Krieg ums Leben kam. Alle haben mich dann so respektvoll behandelt, dass ich schon längst allen Fremden diese ‚Wahrheit' verkaufe.

Aber der Krawattenmann lässt sich nicht beirren.

Vater - Keiner, Mutter alleinerziehend und arbeitslos, steht jetzt auf dem Zettel.

„Meine Mutter ist verwitwet und berufsunfähig", schreie ich den Mann an.

„Beruhige dich", sagt der Krawattenmann, „es ist doch genau dasselbe."

„Nein, ist es nicht!" Jetzt bin ich richtig wütend.

„Mirko, Mirko", sagt der Mann ganz ruhig und seine Augen bekommen einen metallischen Ausdruck, als säße er mit einem wilden Tier in einem Käfig, „ich schreibe alles auf, was du mir sagst, ich formuliere nur anders."

„Weißt du was?", sage ich ihm ruhig und fast freundlich, „steck dir deinen Zehner in den Arsch!"

Ich drehe mich um und renne. Es ist sowieso Zeit nach Hause zu gehen. Meine Mutter hatte einen schweren Unfall auf der Station gehabt, wo sie arbeitete und seitdem kann sie nicht ohne Hilfe aufstehen. Der Pflegedienst kommt von morgens bis mittags, wenn ich in der Schule bin. Nachmittags helfe ich Mama beim Aufstehen.

„Mirko?", fragt Mama, als ich die Tür hinter mir zuknalle.

„Gut, dass du da bist. Ich muss mal dringend."

Vorsichtig helfe ich Mama aufzustehen und wir laufen langsam zum Klo. Als sie fertig ist, begleite ich sie wieder ins Bett.

„Was ist passiert, Mirko?", fragt Mama.

„Wieso?" Ich schaue sie fragend an.

„Etwas stimmt nicht mit dir."

„Ach Quatsch", sage ich beruhigend, „willst du essen?"

„Nein, Miri hat mich schon gefüttert."

Ich gehe ins Wohnzimmer, wo meine kleine Schwester auf dem Teppich spielt.

„Hallo Schäfchen."

„Hallo Bär", begrüßt sie mich. Meine Schwester Miriam ist sieben Jahre alt und geht in die erste Klasse. Sie ist wirklich klug und kann schon lesen, obwohl die anderen Kinder noch nicht alle Buchstaben gelernt haben. Sie muss unbedingt in eine bessere Schule kommen als ich.

Miri ist sehr kitzelig und kichert so komisch. Man kann mit ihr immer lachen. Wir toben und quatschen und machen sogar eine Kissenschlacht, bis Mama uns ruft. Wir essen zusammen und Miri geht ins Bett. Als ich ihr einen Gute-Nacht-Kuss gebe, fragt sie mich besorgt: „Mirko, was ist ein Kinderheim?"

Ich setze mich kurz auf ihr Bett.

„Wie kommst du drauf?"

„Frau Lenz und Frau Morsi aus dem Ganztag haben über mich gesprochen."

„Und du hast gelauscht?"

„Nein", sagt Miri nachdenklich, „die saßen am Tisch und ich habe in der Bauecke gespielt. Die sagten, wenn Mama stirbt, dann komme ich ins Kinderheim."

„Was noch?", frage ich ganz ruhig, obwohl in mir alles bebt und kocht, wie in einem Vulkan.

„Dass keiner auf mich aufpasst und dass ich ständig schmutzige Wäsche trage und kein Frühstück dabei habe …"

Meine Schwester unterbricht sich und schlingt mir die Hände um den Hals.

„Mirko, ich will aber nicht ins Heim und ich will nicht, dass Mama stirbt."

„Das wird sie bestimmt nicht tun", sage ich Miri und streichle ihr übers Haar. „Das wird sie nicht." Ich umarme meine Schwester und schaukle mit ihr hin und her. Das beruhigt sie und mich auch.

„Weißt du, was wir machen? Wir teilen uns die Sachen. Ich mache die Wäsche sauber und du schmierst dir morgens die Brote. Abgemacht?"

„Abgemacht", sagt meine Schwester strahlend und dreht sich zufrieden zur Wand.

„Schlaf gut, Schäfchen."

„Schlaf gut, Bär."

Ich gehe in den Flur und hole Miriams Jacke. Die ist wirklich dreckig und abgetragen. Ich muss ihr eine neue kaufen, vom ersparten Zeitungsgeld. Ich sammle unsere Sachen und mache die Waschmaschine an. Das ist gar nicht so schwer, man muss ja nur daran denken.

„Mirko", ruft mich Mama. Letzter Toilettengang, danach wird sie schlafen. Ich weiß, dass Mama starke Schmerzen hat, aber klagen tut sie nie.

„Und jetzt beten wir", sagt Mama.

Das ist ganz wichtig für sie. Ich knie vor Mamas Bett, falte die Hände zusammen und schließe die Augen.

„Vater unser …" Meine Mutter ist Katholikin, mein Vater Moslem, ich habe keinen Gott. Mich stört es nicht. Während Mama betet, frage ich mich, warum sie immer noch diesem Gott danken will. Er war doch nie gut zu ihr. Erst wurde ihre ganze Familie im Krieg ermordet, dann hat ihr Mann sie verlassen und jetzt kam auch noch dieser Unfall. Der da, auf der Straße, mit dem weißen Kragen und der Krawatte, der soll sich bei diesem Gott bedanken. Für sein schickes Auto, für seinen teuren Anzug. Der wird mir bestimmt sagen, dass er dafür „hart gearbeitet hat", aber meine Mama hat auch hart gearbeitet.

Für ihn ist sie aber nur eine Ausländerin, Alleinerziehende, Arbeitslose, Abschaum. Warum hat der Klugscheißer mich nicht gefragt, wie die Augen meiner Mama leuchten, wenn sie mit uns lacht? Warum hat er nicht gefragt, wie die Suppe schmeckte, die ich nach Mamas Unfall selbst gekocht habe? Warum wollte er nicht wissen, dass ich morgens schneller als jeder Jogger sein muss, weil ich die Zeitungen noch vor der Schule austrage? Warum fragt er nicht, was wir mit den Jungs besprechen, wenn wir uns vor dem geschlossenen Jugendzentrum treffen? Keiner von ihnen fragt mich nach meiner Mutter, aber alle würden mir helfen, wenn ich sie brauche. Auf meine Freunde kann ich zählen. Jeder von uns hat ein Schicksal, und keinen „Migrationshintergrund", wie die Krawattenmänner das nennen.

Wir sitzen hier fest. In unserem Stadtteil aus Beton und Asphalt. Wir kennen kein anderes Land und dieses Land will uns nicht kennen. Wahrscheinlich sind wir zur falschen Zeit, am falschen Ort, auf dem falschen Planeten gelandet.

Amen! Ich öffne die Augen.

„Gute Nacht, Mirko."

„Gute Nacht, Mama."

Özlem
und
der
Nikolaus

Özlem und der Nikolaus

Das Jahr 1989. Ein ereignisreiches Jahr, nicht nur für Deutschland, sondern auch für mich. In diesem Jahr bin ich eingeschult worden. Ich gehe seit September in die Katholische Schule am Pastorhof 6 in die Klasse 1a. Ich heiße Özlem, bin Türkin, keine Deutsche, wie mein Papa mindestens sechsmal am Tag wiederholt.

„Biz Alman değiliz"[2], sagt Papa ständig und das klingt in meinen Ohren wie ein Gebet. Wir beten mit Mama zusammen, sie hat uns alle Gebete beigebracht. Wir sind Moslems. Meine Mama trägt Kopftuch und spricht fast kein Deutsch. Mein Vater dagegen spricht viel, laut und meistens falsch. Aber das macht nichts. Ich gehe jetzt in die Schule und werde die deutsche Sprache richtig lernen und dann meinen Eltern beibringen. Mein Bruder Emre ist zwar schon in der 6. Klasse, aber er ist faul. Er lernt schlecht in der Schule und will mit mir gar nicht spielen. Er meint, ich sei zu klein. Blödmann!

Ich gehe in die beste Schule der Welt. Mein Papa hat mir einen neuen Ranzen, das Mäppchen und den Sportbeutel gekauft. Ich hatte sogar eine echte Schultüte bei der Einschulung! Das war toll! Am ersten Tag haben uns unsere Schuldirektorin Frau Selig und unsere Konrektorin Frau Schlemmer empfangen. Unsere Direktorin Frau Selig ist sehr groß. Viel größer als mein Papa. Sie hat kurze, dunkle Haare, braune Augen und riesige Hände. Als mein Papa ihr zur Begrüßung die Hand reichte, verschwand sie vollständig in der großen Handfläche von Frau Selig. Außerdem hat Frau Selig auch eine sehr laute Stimme. Wenn sie etwas im Erdgeschoss sagt, dann hört das jeder bis in die zweite Etage. Falls jemand nach dem

---

2   *Wir sind keine Deutschen.* (Türkisch)

Klingeln nicht direkt auf den Pausenhof geht und lange trödelt, dann holt Frau Selig ganz tief Luft und schreit:

„Alle raus, aber zackig!"

Und schon werden alle von dem Wind, der aus diesen Worten hervorbricht, in den Pausenhof geweht. Ich habe aber keine Angst vor Frau Selig, weil sie wie mein Papa sehr laut, aber nicht gemein ist. Richtige Angst habe ich vor unserer Konrektorin und Religionslehrerin Frau Schlemmer. Frau Schlemmer arbeitet schon sehr lange in der Schule. Viele Eltern der Kinder aus unserer Klasse waren selber Schüler bei Frau Schlemmer. Die Frau Schlemmer sagt ständig: „Kinder werden schlimmer, immer schlimmer!" Deswegen nennen Kinder sie auch Frau Schlimmer. Sie hat schneeweiße Haare, blaue Augen und eine leise, aber sehr eindringliche Stimme. Frau Schlemmer kann sich so leise bewegen, dass man sie gar nicht bemerkt. Wenn du in eine äußerst interessante Sache vertieft bist und mit deiner allerbesten Freundin eure Namen auf den Tisch kritzeln oder den neuen Bleistift an der Wand ausprobieren willst, dann kann Frau Schlimmer leise an dich heranschleichen und dich mit ihrem Schlangengeflüster überraschen.

„Özlem, lass es sein!"

Kevin aus unserer Klasse sagt, dass seine Mama, als sie noch bei Frau Schlemmer in der Klasse war, gesehen hat, dass Frau Schlemmer mehrere Ohren und Augen unter ihrer Frisur hat. Ich glaube Kevin nicht, der lügt, aber etwas Unheimliches hat Frau Schlimmer doch an sich.

Neben diesen beiden wichtigen Personen gibt es noch jede Menge andere Lehrer in unserer Schule. Die meisten von ihnen tragen sehr passende Namen. Ich denke, wenn sie mit ihrem Lehrerstudium fertig sind, können sie sich selbst Namen aussuchen, wie ein Autokennzeichen.

Unsere Klassenlehrerin heißt zum Beispiel Frau Flink. Sie ist sehr schnell und steht nie auf einem Platz. Unser Musiklehrer heißt Herr Bass. Er hat eine tiefe, dunkle Stimme, fast wie unsere Direktorin. Sogar unser Hausmeister heißt sehr passend: Herr Hammer. Ich bin sehr froh, dass ich in der Klasse von Frau Flink bin, denn in der 1b unterrichtet Frau Neuhofsteiger-Bilderhausenmeuren. Bis sie einen Satz fertig formuliert hat, muss man aufpassen, dass man nicht einschläft, so lang sind die. Fast alle Kinder aus der 1b tragen Brillen und sind sehr blass. Sie laufen und springen nicht, wie die anderen Kinder, sondern stehen in den Pausen meistens an der Wand, so müde sind sie von den langen Sätzen von Frau Neuhofsteiger-Bilderhausenmeuren.

Ich lerne gerne und leicht. Frau Flink lobt mich und leiht mir Bücher aus unserem Klassenbücherschrank. Ich habe schon viele interessante Bücher gelesen und muss noch viel lernen, wenn ich später Lehrerin werden will. Aber eine wie Frau Flink und auf gar keinen Fall wie Frau Schlemmer! Frau Schlemmer unterrichtet bei uns katholische Religion und das ist ein sehr wichtiges Fach in unserer katholischen Schule. Mein Vater hat mich nicht von diesem Fach abgemeldet, wie es die Eltern der anderen türkischen Kinder getan haben, denn er denkt, dass ich dadurch die deutsche Kultur besser lernen kann. Ich fand das am Anfang auch sehr interessant, bis die ersten Schwierigkeiten kamen. Als wir über Abraham gesprochen haben, konnte ich noch mitreden, aber später wusste ich vieles nicht, was meine Mitschüler wussten. So wurde es schlimm und immer schlimmer, wie Frau Schlemmer sagt. Ich konnte nichts zu Osterhasen, Weihnachtsbäumen und Joseph und Maria sagen. Ich konnte nicht erzählen, was ich am letzten Weihnachtsfest bekommen hatte. Viele solche Sachen waren mir unbekannt. Anders als in Mathe oder Sachkunde, wo mir auch vieles neu war, war ich die Einzige in der Klasse, die nichts mit Eiersuchen und Advent anfangen konnte. Ich fand das blöd. Aber am allertraurigsten war ich darüber, dass Frau Schlemmer mich in diesem Fach überhaupt nicht zu bemerken schien. Sie stellte Fragen und sprach mit der ganzen Klasse außer mit mir. Ich fühlte mich klein und unsichtbar. Aber ich wollte Lehrerin werden, also musste ich selbst viel lernen. Ich konnte auf die Fragen von Frau Flink und Herrn Bass antworten, warum nicht auch im Religionsunterricht? Ich lernte fleißig zu Hause, las die Kinderbibel, malte bunte Bilder und stieß immer wieder meine Hand hoch, aber Frau Schlimmer sah mich einfach nicht.

So verlief mein Religionsunterricht mehr schlecht als recht bis zum Nikolaustag. Anfang Dezember, als Frau Schlemmer die ganze Klasse fragte, was für ein besonderer Tag bald käme, meldete ich mich. Frau Schlemmer sah mich aber wie immer nicht. Dann hob sich noch eine Hand.

„Ja, Aaron", nahm ihn Frau Schlemmer sofort dran.

„Özlem kennt die Antwort", sagte Aaron.

Frau Schlemmer drehte sich mit dem ganzen Körper zu mir und ihre blauen Augen schauten mich prüfend an.

„Willst du wirklich etwas sagen, Özlem? Überleg dir genau!", warnte sie mich.

„Ja", sagte ich. „Am 6. Dezember ist Nikolaustag. Nikolaus war …"

„Danke Özlem", unterbrach mich Frau Schlemmer und erzählte die Geschichte von Nikolaus, die ich eigentlich erzählen wollte. Aber ich war trotzdem zufrieden.

Zu Hause angekommen und beflügelt von meinem Religionsunterricht entschloss ich mich, auch den Nikolaustag zu feiern. Wir hatten bis jetzt keine Geschenke vom Nikolaus bekommen, wir hatten aber ja unsere Stiefel auch nicht herausgestellt. Jetzt, wo ich das verstand, nahm ich meinen Stiefel, putzte ihn gründlich und stellte ihn hinter unsere Eingangstür. Ich war fest davon überzeugt, dass der Nikolaus mir etwas in den Stiefel legen würde. Dann dachte ich, dass mein Bruder Emre eigentlich auch seinen Stiefel rausstellen konnte. Er war zwar ein Blödmann und wollte nichts mit mir zusammen machen, aber für den Nikolaus sollte das doch keine Rolle spielen. Also nahm ich den Stiefel von meinem Bruder und stellte sie eben beide hinaus. Mit leichtem Herzen ging ich ins Bett, denn es war schon spät. Ich war mir ganz sicher, dass alles bestens klappt, denn meine Eltern und mein Bruder wollten nicht mehr hinausgehen und am nächsten Morgen würde ich ganz früh aufstehen und nach den Geschenken schauen. Ich stellte mir vor, welch ein erstauntes Gesicht mein Bruder machen würde, wenn er seinen Stiefel anziehen wird. Ich kicherte leise unter der Bettdecke.

Draußen war es ganz still. Ich lag im Bett und lauschte. Ich wusste, dass niemand den Nikolaus sehen kann, aber vielleicht konnte ich ihn hören. Ich war ganz Ohr und hörte plötzlich schwere Schritte unter meinem Fenster. Ich kauerte mich zusammen zu einem kleinen Päckchen und wartete gespannt, was jetzt passieren wird. Ein unerwartet langes Klingeln zerbrach die Stille unserer Wohnung.

Ich sprang aus dem Bett wie eine Feder, rannte zur Tür und schaute durch den Spalt. Mein Vater öffnete die Eingangstür.

Vor ihm stand ein großer, unbekannter Mann im dunklen Mantel und mit Bart. Er sprach mit meinem Vater Türkisch. Ich erstarrte. Konnte der Nikolaus Türkisch sprechen? Das hatte Frau Schlemmer uns nicht gesagt. Mein Herz klopfte wie verrückt. Mein Vater drehte sich um und rief laut „Jamilja, Jamilja!". Meine

Mutter rannte durch die Wohnung und mein Bauch spannte sich vor Aufregung. Aber als ich sah, dass statt einer höflichen Begrüßung meine Mutter erst aufschrie und dann an die Brust des unbekannten Mannes fiel, starb meine Hoffnung mit einem Mal.

Der große Mann konnte auf gar keinen Fall der Nikolaus sein, denn meine Mutter würde nie im Leben einem fremden Mann an die Brust fallen, besonders keinem Deutschen. Selbst wenn er ein Bischof und ein sehr, sehr guter Mann war. Ich lauschte gespannt und stellte fest, dass der falsche Nikolaus mein Onkel Timur war, der aus der Türkei zu uns gekommen war. Ich war enttäuscht und unglücklich, aber das Allerschlimmste stand noch bevor. Mein Onkel Timur, der kein Nikolaus war, hielt in seiner ausgestreckten Hand unsere zwei einsamen Stiefel.

„Haben eure Kinder nur noch ein Bein?", lachte er laut und schon flogen unsere Stiefel in hohem Bogen in die Wohnung. Völlig aufgeregt schenkte meine Mutter diesen komischen Stiefeln keine Aufmerksamkeit, ich dagegen schon. Ich fiel ins Bett wie ein Sack und stöhnte. Alles verloren! Die Stiefel standen nicht vor der Tür und der Nikolaus würde uns keine Geschenke bringen. Nur wegen dieses blöden Onkels, den keiner erwartet hatte.

Die Tür zu meinem Zimmer öffnete sich leise, ich schloss die Augen und tat so, als ob ich schliefe.

Es waren meine Mutter und der verhasste Onkel.

„Sie schläft schon", sagte meine Mutter leise. Dann, kurze Zeit später, meldete sich mein Onkel.

„Sie ist eine richtige Schönheit!", sagte er leise und ich fing an, ihn etwas weniger zu hassen.

Als sie wieder weg waren, hatte ich einen neuen Plan. So leicht war es nicht, mich von meinem Ziel abzubringen. Ich entschloss mich zu warten, bis die Erwachsenen sich beruhigten und schlafen gingen. Dann würde ich leise in den Flur kriechen und die Stiefel wieder hinausstellen. Wer weiß, vielleicht schaffte der Nikolaus es ja, auf dem Rückweg zu uns zu kommen?

Ich begann zu warten. Ich wartete und wartete. Ich rechnete im Kopf und sang alle Lieder, die ich kannte, wiederholte Schulreime, aber die Erwachsenen waren immer noch wach. Schließlich schloss ich die Augen nur für eine Minute und schon weckte mich meine Mutter.

„Steh auf, Özlem. Du musst in die Schule."

„Wie spät ist es?"

„Schon halb sieben."

Oh, Mist! Ich hatte es doch verschlafen!

Den ganzen Tag in der Schule redeten alle nur über den Nikolaus und seine Geschenke. Jeder protzte mit dem, was er bekommen hatte. In der Pause stand ich abseits und wollte mit keinem reden. Es war alles nur wegen dieses blöden Onkels. Wenn er gestern nicht gekommen wäre, würde ich mich jetzt auch mit meinen Schulkameraden unterhalten und die Geschenke zeigen. Lena, ein nettes Mädchen aus unserer Klasse, fragte mich, was ich vom Nikolaus bekommen hätte, und ich wollte ihr schon die ganze Onkelgeschichte erzählen, als Lennart, der neben uns stand, laut lachte und spöttisch sagte:

„Der Nikolaus hat Özlem gar nichts gebracht. Er spricht doch kein Türkisch." Ich habe ihm die Zunge ausgestreckt und lief ganz schnell in die Klasse.

Auf dem Weg nach Hause hatte ich wieder einen Plan. Mein Papa sagte immer: „Man muss nicht aufgeben. Lieber später, als nie." Also wollte ich einen neuen Versuch starten und meinen Stiefel heute wieder hinausstellen. Vielleicht war der Nikolaus noch da.

Zu Hause angekommen stellte ich fest, dass mein Onkel Timur immer noch bei uns war. Er stellte sich vor und verbrachte den ganzen Nachmittag mit uns. Er ist Mamas kleiner Bruder und zeigte mir viele lustige Spiele und kroch mit mir auf dem Bauch und spielte Verstecken. So konnte Emre sehen, dass sogar Erwachsene mit mir spielen wollen. Zum Abendessen waren wir beide schon richtige Freunde. Ich half Mama beim Tischdecken und Timur spielte Backgammon mit Emre, der wahnsinnig eifersüchtig geworden war.

Am Abend war ich doch sehr zappelig und konnte es kaum erwarten, dass alle schlafen gehen. Endlich war es soweit. Als sich bei uns alles beruhigte, schlich ich leicht wie ein Windhauch aus meinem Zimmer und stellte meinen Stiefel nach draußen, hinter unsere Eingangstür. Höchst zufrieden kehrte ich in mein Zimmer zurück, kroch unter die Decke und sprach zur Sicherheit noch ein Gebet. Dann schlief ich beruhigt ein.

Am nächsten Morgen stand ich ganz früh auf. Alle anderen schliefen noch. Ich ging zur Tür und holte meinen abgekühlten Stiefel herein. Ich drückte ihn ganz fest an meine Brust und mein Herz klopfte laut gegen das eiskalte Leder. Ich schloss leise die Zimmertür hinter mir und setzte mich aufs Bett. Dann holte ich tief die Luft und steckte vorsichtig meine Hand in den Stiefel hinein.

Ich tastete ganz aufmerksam von der Spitze bis zur Ferse, dann drehte ich ihn um und schüttelte ein bisschen. Da war nichts. Absolut gar nichts. Mein Stiefel war leer.

Es war doch klar. Ich war zu spät. Der Nikolaus war ein Deutscher und die sind immer pünktlich. Er kommt jetzt erst wieder in einem Jahr. Ich saß auf meinem Bett, klammerte mich an den kalten Stiefel und war sehr traurig. Alles wegen meines Onkels, aber auf ihn konnte ich auch nicht mehr böse sein. Die Tür in mein Zimmer öffnete sich und mein Onkel Timur kam herein.

„Warum bist du so früh aufgestanden, du kleiner Vogel?", fragte er freundlich, dann sah er mein Gesicht und fragte besorgt: „Ist etwas passiert? Was hast du da mit diesem Stiefel?"

Mir fiel auf, dass ich immer noch den Stiefel fest an meine Brust drückte.

„Ach, nichts", sagte ich und versuchte, den Stiefel hinter meinem Rücken zu verstecken.

„Özlem, Kleines, erzähl es mir. Ich wohne doch nicht in Deutschland und weiß nicht, was man mit dem Stiefel macht."

Also erzählte ich ihm alles. Über Frau Schlimmer und den Nikolaus, über die Geschenke und den gemeinen Lennart. Mein Onkel hörte ganz aufmerksam zu. Bis zu diesem Zeitpunkt hatte kein Erwachsener mir so ernst zugehört. Meine Mama hatte immer viel zu tun zu Hause und mein Papa wollte selbst viel erzählen. Mein Bruder Emre zählt zwar nicht zu Erwachsenen, aber nicht mal der interessierte sich für mich.

Also sprach ich mit meinem Onkel Timur und fühlte mich allmählich besser. Er hat mir richtig zugehört und alles verstanden. Unglaublich! Ich freute mich sehr, dass ich einen Onkel hatte.

In den darauffolgenden Tagen rannte ich nach der Schule nach Hause und erzählte ihm von meinen Erlebnissen. Er hörte mir aufmerksam zu und sagte immer: „Özlem, du wirst bestimmt eine sehr gute Lehrerin sein. Ich bin stolz auf dich."

Onkel Timur blieb noch zehn Tage bei uns und dann reiste er wieder zurück in die Türkei. Am Abend vor seine Abreise kam er in mein Zimmer, um sich zu verabschieden.

„Özlem, weißt du noch? An dem Abend, an dem ich zu euch

gekommen bin, geschah etwas und ich habe vergessen es dir zu sagen." Ich hörte ihm gespannt zu.

„Weißt du noch, welcher Tag das war?

„Ja, klar. Das war der 6. Dezember."

„Als ich euer Haus gesucht habe, kam ein alter Mann zu mir und fragte: ,Gehen Sie zur Familie Öckar?'

„Ja", antwortete ich.

,Können Sie vielleicht etwas für Özlem mitnehmen?'

„Ja, sicher", sagte ich und er gab mir dieses Säckchen. Mit diesen Worten holte mein Onkel aus seiner Brusttasche ein buntes Beutelchen, das mit einer Kordel zusammengebunden war, und reichte es mir.

„Das ist für mich?", fragte ich fast atemlos.

„Bist du doch Özlem Öckar?", fragte Onkel Timur ernst.

„Ja."

„Dann los."

Ich zog vorsichtig an der Kordel und öffnete das Säckchen. Ich steckte meine Finger hinein und holte eine wunderschöne Halskette mit kleinen, hellblauen Steinchen heraus.

„Gefällt sie dir?", fragte Timur.

„Das ist die wunderschönste Kette auf der ganzen Welt!", sagte ich mit leiser Stimme.

„Dann solltest du die unbedingt anprobieren. Darf ich?", fragte er und legte mir die Kette um und schloss sie. Dann schaute er mich ernsthaft und prüfend an und stellte höchst zufrieden fest:

„Du bist ja wirklich eine Schönheit, Özlem!"

Ich streichelte mit der Handfläche über die leicht kühlenden Steinchen an meinem Hals und konnte es immer noch nicht glauben. Plötzlich schoss mir ein Gedanke durch den Kopf.

„Warum hast du es mir nicht sofort gegeben?"

„Habe ich vergessen. Entschuldige bitte. Es war hier so viel los …"

Und mein Onkel machte eine Grimasse – so eine, wie ich sie immer mache, wenn ich etwas zufällig auf den Boden werfe.

„Ok. Schon klar." Ich nickte.

„Na, dann tschüss, Özlem. Ich freue mich sehr, dich kennengelernt zu haben."

Er stand auf, drückte mich kurz an sich, küsste mich auf die Stirn und ging zur Tür.

„Warte, warte!", rief ich laut. „Wie hieß er denn?"

Mein Onkel drehte sich langsam zu mir.

„Wer?"

„Der alte Mann."

Onkel Timur drehte seine Handflächen in der Luft, machte komische Grimassen und sagte:

„Mickie, Nicki … ein komischer deutscher Name."

„Nikolaus vielleicht?", platzte ich los.

„Ach, ja genau", bestätigte mein Onkel. „Nikolaus. So hieß der Alte." Er drehte sich um und schnappe den Türgriff.

„Warte!", rief ich erneut. „Wie hat er denn mir dir gesprochen? Du kannst doch kein Deutsch?

„Ja, ganz normal hat er gesprochen …", sagte mein Onkel und zuckte mit den Schultern: „… wie ein alter Mann eben."

Er winkte mir zum letzten Mal und verschwand zur Tür hinaus.

Ich lag beruhigt und glücklich in meinem Bett. Ich streichelte meine Kette, die jetzt angenehm warm wurde und dachte: Wie schön, dass der Nikolaus meinen Onkel Timur getroffen hatte. Morgen in der Schule werde ich Frau Schlemmer und den Kindern erzählen, dass ich doch ein Geschenk von ihm bekommen habe. Und außerdem wusste ich jetzt, dass der Nikolaus auch Türkisch sprechen kann.

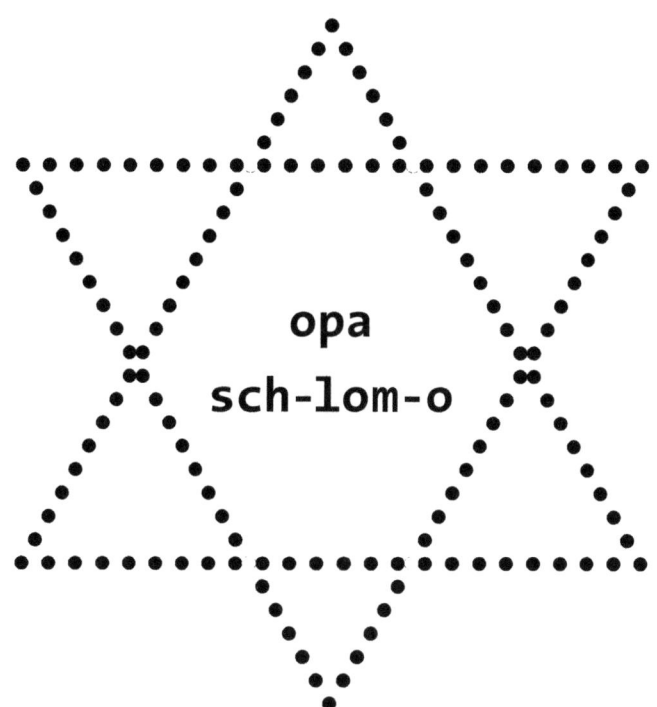

opa
sch-lom-o

Opa Schlomo

„Weißt du, warum sich Juden auf Weihnachten freuen?", fragt mich mein Opa und ein schelmisches Lächeln legt sein altes Gesicht in Falten.

„Warum?", stelle ich die Frage, die von mir erwartet wird. Jetzt kommt die Auflösung. Mein Opa Schlomo hat jede Menge Auflösungen für Fragen, die er in den Raum stellt, wenn ich ihn besuche.

„Warum sollen wir uns nicht über die Geburt eines jüdischen Jungen freuen?", sagt er in seiner typischen Manier, eine Frage mit einer anderen zu beantworten, und er lacht als erster, laut und ausgiebig. Dabei schnauft er, dann lacht er schallend und schließlich wiehert er wie ein Pferd. Sein großer Körper bebt vor Lachen, sein Gesicht kräuselt sich in tausend Falten. Er krümmt sich, hustet und wischt sich die Tränen aus den Augen.

Ich lache mit. Jeder lacht mit. Ich lache mit, nicht weil ich den Witz lustig finde, sondern weil ich meinen Opa Schlomo ansehe. Sein Lachen ist so ansteckend, dass einfach jeder mitlachen muss.

„Und weißt du, warum Christen dann Silvester brauchen?"

Ich schüttle verneinend den Kopf. Ich weiß nicht, woher er seine Witze schöpft. Opa liebt zwar kleine Büchlein mit verschiedenen Anekdoten, aber ich weiß nicht, ob er sie sich nicht trotzdem selbst ausdenkt. Der Witz mit Silvester scheint mir neu zu sein.

„Ja, warum feiern die Christen dann nicht gleich die Geburt Jesu als Jahresanfang, wenn sie schon das neue Zeitalter damit eingeführt haben?", beharrt Opa und ich spüre, dass er sich etwas ganz Geschicktes überlegt hat. Ich zucke mit den Schultern.

„Keine Ahnung."

„Weil zwischen Weihnachten und Neujahr genau acht Tage liegen. Am achten Tag wird die Britmila[3] gefeiert. Das ist die richtige Geburt eines Juden. Und somit feiert die ganze christliche Welt als Anfang ihrer Zeitrechnung die Beschneidung eines jüdischen Jungen! Aha-haha. Oho-ho-ho. I-hie-hie-hie."

Opa schüttelt und krümmt sich vor Lachen. Sein dicker Bauch wackelt wie ein riesiger Pudding, in seinem Gesicht sammeln sich wieder die Falten. Diesmal lache ich nur verhalten. Den Witz finde ich problematisch. Mein Opa kann sich das sicherlich erlauben. Er kann sich vieles erlauben. Er schreckt vor keinem Thema zurück. Er reißt Witze über Politik und Wirtschaft, freie Liebe und Homosexualität. Über Tätowierungen kann er unendlich scherzen, obwohl er selbst eine auf dem Unterarm hat. Seine Tätowierung besteht aus Ziffern, die ihm vier Jahre lang seinen eigenen Namen Solomon Rosenblum ersetzt haben.

Mein Opa Schlomo erzählt gerne und viel aus seinem Leben. Er war ein Kurzwarenhändler und hatte einen kleinen Laden in seinem Dorf neben Euskirchen im Juni 1929 eröffnet. Als kluger Kaufmann hatte er dann das größte Eröffnungsfest veranstaltet, das sein Dorf je gesehen hat. Davon schwärmt er immer noch.

„Weißt du, Junge, sie kamen alle zu meinem Fest. Alle Nachbarn, Lehrer aus der Schule, auf die Miri und Rivka gingen, und mein Großhändler aus der Stadt. Alles war so köstlich, Junge! Ich habe ein Vermögen da rein gesteckt. Wie Rebekka mit mir geschimpft hat! Du kannst es dir gar nicht vorstellen! Sie sagte, ich hätte das ganze Hochzeitsgeld unserer Töchter verjubelt. Ich sagte ihr dann: ‚Rebekka, was soll dieses Geld! Schau dir diesen Tisch an! Wir werden uns noch jahrelang daran erinnern, was serviert wurde und wie er geschmückt war.' Und in der Tat haben wir uns

---

3   Beschneidungsfest

noch lange daran erinnert. Die ganzen Nächte im KZ dachte ich an dieses Fest und an das Essen. Ich weiß es immer noch so gut, weil ich mich an jedes Stück vom gefillten Fisch, jeden Krumen Rugelach[4], jedes Gläschen Wein wieder erinnerte."

„Warum bist du eigentlich nach dem KZ in dein Dorf zurückgekehrt?", frage ich ihn oft.

„Wohin sollte ich denn gehen, Junge?", antwortet er mir mit einer Frage, wie immer.

„Andere Juden spucken immer noch aus, wenn sie nur das Wort ‚Deutschland' hören!", entgegne ich ihm energisch. Opa zuckt mit den Schultern.

„Ich war ein Patriot! Weißt du? Wir waren beide Patrioten. Ich und Adolf!", fügt er hinzu und lacht und lacht und lacht. Sein Bauch wackelt, Tränen fließen über seine faltigen Wangen.

„Nur wir beide. Rosenblum und Hitler! Aha-ha-ha. Oho-ho-ho. I-hie-hie-hie." Nachdem er ausgiebig gelacht hat, sagt er auf einmal ernst: „Ich hatte ein Ziel, Junge. Weißt du? Das hat mich vielleicht gerettet. Die ganze Zeit im KZ dachte ich nur daran, wie ich nach Hause komme und meinen Nachbarn in die Augen schaue. Das hat mich am Leben erhalten, dieser Gedanke. Ich stellte mir vor, wie sie sich in Grund und Boden schämen würden."

„Und war das so?", frage ich mit leichtem Herzklopfen.

„Nein", antwortet mein Opa. „Es war genau umgekehrt. Ich habe mich geschämt."

Das kann ich überhaupt nicht begreifen.

„Du hast dich geschämt? Wofür denn? Dafür, dass deine ganze Familie vergast wurde? Oder dafür, dass sie dein Geschäft geplündert haben?" Ich kenne die Geschichte meiner Familie.

„Du bist noch jung. Ich war auch jung und das hat mich ge-

---

4   *Jiddische Gerichte*

rettet", sagt Opa ruhig. „Aber ich habe mich geschämt. Ich habe mich geschämt, weil ich meinen Nachbarn Schmerzen zufügte. Ich stand plötzlich da, vor ihren Augen. In jedem Augenblick war ich ein lebender Vorwurf, ein fleischgewordener Gewissensbiss für sie." Opa zwickt sich selbst in seinen dicken Bauch: „Obwohl, so viel Fleisch hatte ich nicht. Ich wog 45 Kilo damals. War nur noch ein Knochengerippe."

Ich versuche mir vorzustellen, wie mein dicker, stämmiger Opa 45 Kilo wiegen konnte, und ich stelle mir die Augen seiner Nachbarn vor, wie sie versuchten wegzusehen.

„Als ich feststellte, dass mir alles, was ich mir in KZ erträumt hatte, keinen Trost gab, wollte ich weg. Nach Amerika oder Palästina, oder sonst wohin. Es spielte keine Rolle ... Ich saß schon am Bahnhof und dachte nach. Ich saß lange da und wusste nicht, in welche Richtung ich fahren sollte. Als Händler bin ich oft gereist und immer erfreute mich der Augenblick, in dem ich unser Dorf wiedersah. Das bedeutete ein Ende meiner Reise, bedeutete mein Zuhause, wo mich meine Familie erwartete.

Ich hatte eine große Familie. Eltern, Geschwister, viele Cousinen und Cousins, meine Frau und meine beiden Feigeles[5]. Jetzt wartete keiner auf mich in dieser Welt. Weißt du, Junge, ich dachte, wohin soll ich schon fahren? Ich wurde hier geboren, meine Eltern wurden hier geboren. In diesem Dorf steht der Grabstein meines elter-foter[6]. Warum soll ich dann gehen? Weißt du, ich dachte, wenn ich schon niemanden mehr habe, dann kann ich mir wenigstens vorstellen, dass Rebekka, die Mädchen und die anderen neben meinen Eltern begraben sind und nicht über die polnische Steppe verweht wurden."

---

5   kleine Vögelchen (Jiddisch)

6   Großvater (Jiddisch)

Tränen kullern über sein altes Gesicht. Er wischt sie nicht ab. So viele Jahre sind seit dem Tod seiner Familie vergangen. Er weint immer, wenn er über sie spricht.

„Kannst du dir das vorstellen? Großmütter wären sie jetzt, meine Mädchen. Alte Schachteln", fügte er hinzu und lacht. Er lacht und weint, er weint und lacht gleichzeitig.

„Und so habe ich mich dazu entschlossen zu bleiben und bin direkt am Bahnhof eingeschlafen."

„Warum solltest du am Bahnhof schlafen? Du hattest doch im Dorf dein eigenes Haus."

„Weißt du, Junge, da haben schon andere Menschen gewohnt. Sie konnten nichts dafür. Sie waren Flüchtlinge aus Schlesien, sie hatten auch ihre Häuser verloren."

„Aber das war doch dein Haus!" Ich will es nicht einsehen. „Du hättest das zurückfordern sollen! Sie sollten es dann für dich frei machen!"

„Ja, das hätte ich machen können …", Opa schüttelt den Kopf, „aber das habe ich nicht gemacht. Sie hatten Kinder und eine Oma. Sie hatten es nötig. Ich war allein.

Ich kehrte in mein Dorf zurück, bekam ein Zimmer bei einem Bauern und fing an zu arbeiten. Ich hatte nichts in diesem Zimmer, schlief auf dem Boden, aber das war mir egal. Und weißt du, Junge, als ich am ersten Tag nach der Arbeit zurückkam, lag da eine Matratze, eine warme Decke und Geschirr vor meiner Tür. Und es stand noch ein Topf mit warmem Essen daneben."

„Wer hat es gebracht?"

„Das habe ich nie erfahren. Den ganzen Monat lang hat mir jemand warmes Essen vor meine Tür gestellt, bis ich etwas bei Kräften war."

„Und dann …"

„Dann …", Opa richtet sich gemütlich im Sessel auf, „dann ist deine Oma mit ihrer Familie aus Polen angekommen. Diese keuschen Ostjuden mit ihren Kaftans und Pelzmützen." Opa macht ein komisches Gesicht und lacht verschwörerisch. „Sie wollten nach Palästina, aber als ich Lea sah, brachte ich ihre Pläne durcheinander. Sie war damals so hipsch[7], schlank wie ein Reh, mit riesigen, dunklen Augen."

„Da hast du dich in Oma verliebt?"

„Ja. Ich habe mich in sie verliebt. Wenn ich natürlich gewusst hätte, dass sie so schimpfen kann, hätte ich es mir damals anders überlegt!", sagt er so laut, dass es Oma im Nebenzimmer mitbekommt und lacht zufrieden, als sie ihm liebevoll droht.

„Und hattest du keine Reue? Ich meine, du hast doch deine erste Frau geliebt?" Ich will begreifen, was in ihm vor sich ging.

„Ich habe sie auch danach gefragt, mein Junge. Ich ging zum Friedhof und fragte Rebekka und die Mädchen, ob ich Lea heiraten darf. Sie haben ‚Ja' gesagt."

„Und wie haben sie das gemacht?", frage ich mit sanftem Spott.

„Ah, Junge. Du wirst es noch erfahren, wie man sich mit den Toten verständigt." Opa schüttelt seinen silbernen Kopf.

Manchmal verstehe ich ihn nicht. Sollte das ein Witz sein? Aber die Geschichte geht noch weiter.

„Dann haben wir unsere Hochzeit gefeiert und alle kamen wieder zu mir. Alle meine Nachbarn und Lehrer aus der Schule, wo Rivka und Miri gewesen waren und die Neuen aus Schlesien. Sie haben sich alle zunächst sehr unwohl gefühlt, aber dann haben wir etwas getrunken, etwas gesungen und ich sagte:

---

7   hübsch (Jiddisch)

,Ich begrüße euch alle, meine Nachbarn. Ich bin hier geblieben, nicht weil ich meschugge bin, sondern weil das meine Heimat ist. Ich bin durch die Hölle gegangen und das Einzige, was ich allen wünsche, ist zu leben. Und Rivka und Miri und alle anderen, die jetzt im Himmel sind, werden auf uns herunterschauen und sich für uns freuen.'

Und das war wohl der schlechteste Witz, den ich je gemacht habe, denn alle haben geweint."

Ich denke oft über seine Worte nach, obwohl mein Opa Schlomo schon seit zwanzig Jahren tot ist. Ich verdanke ihm vieles und wenn ich manchmal nicht mehr weiter weiß, gehe ich zum Friedhof, wo er neben seinen Eltern begraben ist und frage ihn um Rat. Dann passiert etwas. Ich lausche, wie der Wind beginnt, seltsam zu flüstern, die Blätter rascheln und die Vögel singen eine besondere Melodie. Dann höre ich ganz deutlich:

„Weißt du was, mein Junge? Aha-ha-ha. Oho-ho-ho. I-hie-hie-hie." Das unverwechselbare Lachen von meinem Opa Schlomo.

Herzens angel egen heit !

Herzensangelegenheit

Ich heiße Jaro Kleinert. Nicht lange. Früher hieß ich Jaroslav Koroljow. Oder Slavik, wie mich alle nannten. Ich hatte auch eine andere Schule, ein anderes Land, eine andere Sprache und sogar einen anderen Papa. Mein alter Papa hieß Dmitro Koroljow, also Koroljow: „der König", wenn man den Nachnamen übersetzt. Ich war also der Königssohn und selbst auch ein bisschen der König. Dann suchte mir meine Mama einen anderen Papa aus. Er heißt Dieter Kleinert und wohnt in Deutschland, wo ich jetzt mit Mama lebe. Meine Mama heißt Darina. Ihr Name bedeutet „Geschenk" auf Ukrainisch. Also, Mama kam nach Deutschland als Geschenk für Dieter. Und ich, ich kam als Draufgabe aufs Geschenk noch dazu. „Darina" war auf Deutsch schwer auszusprechen, genauso wie „Jaroslav", also wurden wir zu Ina und Jaro Kleinert. Die deutsche Sprache hat Mama und mich schon ziemlich „kleinert" gemacht: Klein, kleiner, kleinert, fast wie beim Vokabelnüben.

Mama sieht das anders. Als Baby kam ich mit einem Herzfehler zur Welt und ich wollte nicht wirklich leben (aber daran kann ich mich nicht erinnern). Meine Mama hatte es mit allen Kliniken in der Ukraine versucht und sah mich trotzdem immer kurz vorm Sterben. „Mit blauen Lippen und toten Augen", erzählt Mama mit dramatischer Stimme. Dabei weint sie immer, obwohl ich noch lebe. Soweit ich mich erinnern kann, war ich ständig beim Arzt oder im Krankenhaus. Mit Spritzen, Infusionen (an die ich mich ziemlich gut erinnern kann) und Blutproben. Und irgendwie, mit deren Hilfe, habe ich bis jetzt durchgehalten. Nach dem hunderttausendsten Besuch bei irgendeinem klugen Professor, von dem Mama schwärmte, er sei ein Star der Herzchirurgie, erfuhr Mama, dass ich eine Herzoperation brauche, die mein Leben verändern würde. Diese Operation war zu der Zeit nur in Deutschland möglich und wir sollten anfangen, Geld zu sammeln, damit sie gemacht werden konnte. Die Summe war aber derartig riesengroß, dass mein Papa Dmitro und meine Mama Darina sie erst in etwa 200 Jahren zusammen hätten verdienen können. Also habe ich diese Idee gleich wieder verworfen, meine Mutter aber nicht.

Einige Zeit später verabschiedeten wir uns von Papa Dmitro. Meine Mutter weinte und sagte ihm, dass es die einzige Möglichkeit wäre, mich zu retten. Papa Dmitro wirkte etwas verloren und drückte mich fest an sich und sagte, dass er auf uns warten würde. Wir packten unsere Koffer und flogen nach Deutschland. Am Flughafen wartete Dieter auf uns.

Mama stellte ihn vor und sagte mir, dass er mein neuer Vater sei. Ich war total überrascht. Ich wusste nicht, dass man Papas wechseln kann. Ich dachte, die sind irgendwie fest. Dann hatte ich Angst, dass ich eines Tages statt meiner Mutter Darina eine neue Mama bekommen könnte. Aber meine Mutter beruhigte mich und sagte, dass sie mich nie verlassen wird und ich meinem alten Vater Dmitro so viel schreiben kann wie ich will, aber dass wir jetzt mit Papa Dieter zusammenleben werden. Ich nickte. Ich verstand aber nichts.

Mein neuer Vater Dieter war okay. Er war nicht böse oder so, aber ein bisschen komisch. Zunächst verstand ich ihn ganz wenig, weil ich die Sprache noch nicht so gut konnte. Dieter wiederholte mir alles mehrmals, „weil er mir die Sprache beibringt", dachte ich. Aber nein. Später wusste ich, dass er genauso viel und lang mit Mama sprach. Er hatte komische Regeln, die man unbedingt einhalten sollte, und wenn nicht, war er enttäuscht. Nicht wütend, nicht laut, aber irgendwie beleidigt. Und seine Regeln waren wirklich lustig. Man durfte abends nach dem Abendessen nicht mehr in die Küche und kein Brot holen oder so. Gar nichts. Man sollte die Türen nur leise schließen (24-mal nacheinander haben wir das geübt), wegen der „Rücksichtnahme" auf die Nachbarn. Ich habe extra alle Namensschilder in unserem Haus gelesen. Da war keiner mit dem Namen „Rücksichtnahme". Am Samstag sollte ich mein Zimmer aufräumen, putzen, staubsaugen und am Sonntag wiederum gar nichts machen. Und sonst sollte ich schnell duschen, die Zähne aber dafür sehr lange putzen.

Mit Papa Dieter reisten wir viel. Papa Dmitro hatte kein Auto und meistens war ich alleine mit Mama unterwegs zu irgendwelchen Krankenhäusern oder Ärzten. Papa Dieter brachte uns zu vielen interessanten Plätzen. Ich habe in den ersten Monaten in Deutschland so viel gesehen, wie ich in meinem ganzen Leben in der Ukraine nicht gesehen hatte. Wir spazierten im Wald und am See entlang, fuhren auf einem großen Schiff und aßen blaues Eis. Meine Zunge war noch lange blau und die von Mama und Dieter auch. Dann waren wir im Zoo, wo die Tiere einfach so rumliefen. Das war lustig, weil Mama Angst hatte, aber ich und Dieter nicht. Ich versuchte, alles aufzuschreiben, um es später Papa Dmitro zu erzählen, aber irgendwann war das einfach zu viel. Wir waren fast jeden Sonntag unterwegs und so viel Zeit hatte ich nicht, um Papa Dmitro zu schreiben. Ich musste ja noch zur Schule.

Meine neue deutsche Schule war auch etwas komisch. In meiner ukrainischen Schule hatte ich eine feste Rolle: Klassenclown. Weil ich, wegen meinem Herzen, vom Sport befreit war, musste ich in einer anderen Disziplin punkten. Was macht man, wenn man kein Sportler ist? Man liest. Ich habe viel gelesen. Ich habe sehr viel gelesen. Aber damit alleine kann man gar nicht punkten. Ich suchte mir ein Feld aus, auf dem mich keiner schlagen konnte. Das war der Humor. Ich war der Beste im Witzeerzählen.

Ich sammelte alle möglichen Witze und hatte tausende davon in meinem Kopf. Ich bewahrte Witze aus Wandkalendern auf, notierte sie, wenn welche im Fernsehen kamen, und lauschte in den Krankenhäusern. Wenn ich nach der nächsten Krankheitswoche wieder in der Klasse auftauchte, erwartete mich schon ein ungeduldiges Publikum. Alle wollten neue Witze von mir hören. Mädchen kicherten wie verrückt, die Jungs hatten Respekt vor meiner Zunge. Denn ein böser Witz ist schlagfertiger als eine harte Faust. Meine Worte waren, durch langes Üben, scharf und schneidend. Hier in Deutschland hatte ich auf einmal alle meine Waffen verloren. Ich war nicht mehr der König mit der spitzen Zunge, sondern Jaro, dazu noch ver-„Kleinert".

Aber zu meiner Überraschung wurde ich doch zu einem König in der Klasse. Denn ich war offenbar ein Mathegenie. Ich hatte in der Ukraine keine schlechte Note in Mathe, aber das, was mir hier passierte, war doch völlig übertrieben. In meiner ersten Mathestunde in der neuen Klasse rechnete ich alle Aufgaben auf den ersten zehn Seiten durch, die eigentlich für den ganzen Monat vorgesehen waren. Ja, die Aufgaben waren aber babyleicht. Wir hatten sie in meiner alten Schule schon vor einem Jahr gerechnet. Die neue Lehrerin und alle Schüler in der Klasse waren von meinem Matheerfolg so begeistert, dass ich von der ersten Stunde an sehr viel Respekt erlebte. Mein Witzarsenal konnte ich dagegen leider überhaupt nicht auspacken. Wie sollte ich meine Witze benutzen, wenn ich nicht einmal die Sprache konnte? Also genoss ich erstmal meine Mathekönigsrolle. In der Sprache machte ich kleine Fortschritte. Ich merkte, dass ich für eine gelungene Kommunikation mit Jungs mit drei Worten eigentlich zurechtkam:

„Jaro, spielst du Fußball?"

„Nein."

„Jaro, gibst du mir deine Mathehausaufgaben?"

„Ja."

„Hey, Mann. Wir schreiben heute eine Deutscharbeit!"

„Scheiße."

Mit diesen drei Worten konnte ich mich mit allen Jungs auf dem Schulhof unterhalten. Ich hatte bald ein freundschaftliches Verhältnis zu allen, selbst wenn ich nach wie vor nicht beim Sport mitmachte. Komplizierter war es mit den Mädchen. Besonders mit einer. Sie hieß Luna.

Luna, wie der Mond auf Ukrainisch. Und so sah sie auch aus: außerirdisch schön, geheimnisvoll. Ich hatte sie direkt entdeckt, als ich meinen Platz in der Klasse bekam. Sie saß mit ihrem Gesicht zur Schultafel am zweiten Tisch der rechten Reihe. Ich saß aber mit meiner rechten Seite zur Tafel und schaute direkt auf sie. Das war ja sehr günstig. Um auf die Schultafel zu sehen, sollte ich mich etwas nach rechts drehen, um auf Luna zu schauen, musste ich kerzengrade sitzen und nach vorne gucken. Wie hätten meine ukrainischen Mitschüler gelacht, wenn sie gesehen hätten, wie man hier sitzt. Man hat uns lange Jahre beigebracht, dass man mit gradem Rücken, Hände auf dem Tisch und Gesicht geradeaus zur Schultafel sitzen muss, obwohl es bei keinem so richtig funktionierte. Jetzt musste ich mich nur an die alte Schule denken und mit einem graden Rücken sitzen und mit meinen Augen Lunas Profil erkunden. Das war unglaublich. Ihre Stirn war gerade, lief so leicht zur Nase hin und dann bog die Linie über die Lippen zu ihrem runden Kinn hinunter. Luna hatte helle Haare, nicht gelb und nicht weiß, silber-goldig, mondhaft. Ihre Haut war auch ziemlich weiß und glitzerte ein bisschen. Sie sah aus wie eine Porzellanpuppe, die ich in Dieters Schrank entdeckt hatte. Luna lachte nicht so laut wie die anderen Mädchen, sondern lächelte eher sparsam, und ich wünschte mir, dass ich irgendwann so gut Deutsch kann, dass ich mich traue, ihr meine Witze zu erzählen. Dann wird sie mir ihr Gesicht zuwenden und lachen. Laut lachen. Und ihr Lachen wird wie ein Glöckchen klingen.

Ich habe mir oft vorgestellt, wie sie zu mir schaut und freundlich lächelt, aber bis jetzt sind es bloß meine Träume geblieben. Nicht ein einziges Mal hat sie zu mir geschaut, niemals. Sie guckt nur geradeaus auf die Tafel, links auf die Lehrerin, nach unten auf ihr Heft, manchmal schräg auf Lilly, die neben ihr sitzt und niemals nach rechts, wo meine Augen patrouillieren. Ich sah Lunas Augen nur von der Seite und zerbrach mir den Kopf, welche Farbe sie haben mochten: grau, blau, grün? Wenn die Sonne in die Klasse schien und durch die Fenster zu mir drang, verwandelte sich Lunas Haar in eine goldene Kugel. Bei diesem Wunder konnte ich kaum atmen. Mir blieb die Luft weg. Ich wurde sprachlos. In der ukrainischen Sprache wird ein Deutscher „nimec" genannt, ein Mensch, der nicht sprechen kann, ein Stummer. In diesen Moment verwandelte ich mich buchstäblich in einen „nimec", in einen echten Deutschen.

Zu Hause, bei Dieter, also auch bei uns, war alles erstaunlich ruhig. Früher, mit Papa Dmitro hatte Mama oft gestritten, es war laut und krachte ein bisschen. Mit Dieter war Mama wesentlich entspannter. Wahrscheinlich war Mama mit Dieter auch ein Stückchen „nimec" und konnte nicht alles sagen, was sie wollte. Aber vielleicht lag es an Dieter. Er verbrachte viel Zeit mit uns. Das war mit Papa Dmitro nicht so. Wir sind mit Dieter zum Schlittschuhlaufen und Schwimmen gegangen, haben echte Ritterburgen besucht und wilde Greifvögel gesehen. Fast jedes Wochenende wurde etwas unternommen. Und wenn wir nicht weggefahren sind, dann haben wir mit dem Picknickkorb einen Spaziergang im Wald gemacht oder im Café heiße Waffeln gegessen. Dieter brachte mir auch Fahrradfahren bei. Meine Mama machte sich ständig Sorgen, dass mir gleich dabei schlecht wird, aber mir ging's prima. Ich fühlte mich richtig wohl, sogar erste Witze in der neuen Sprache sammelten sich in meinem „Geheimwitzebuch". Dieter half mir gerne dabei und erzählte viele Anekdoten. Ich mochte Dieter. Ich fand es ein bisschen schade, dass wir bald nach Hause fahren würden, aber ich mochte nicht über unangenehme Sachen lange nachdenken.

Meine Untersuchungen in der Klinik waren fast zu Ende. Wir hatten mit Mama seit unserer Einreise ständig Termine bei irgendwelchen Professoren gehabt. Solange ich lebe, kenne ich das gar nicht anders, darum wunderten mich die Krankenhäuser nicht. Hier in Deutschland war es etwas mehr Technik und für jede Kleinigkeit sollte man tausend Zettel ausfüllen, aber die Blut- und Urinproben, Spritzen, die weißen Kittel waren die gleichen. Ein Krankenhaus blieb immer ein Krankenhaus.

Da ich meine Mama schon lange kenne, seit zehn Jahren, um genau zu sein, kann ich in ihrem Gesicht lesen wie in einem Buch. Nach jedem Gespräch mit dem Arzt konnte ich hundertprozentig sagen, wie es weiter geht: nächste Klinik, nächste Untersuchung, Krankenhaus für zwei Wochen und so weiter. Während des letzten Arztgesprächs lungerte ich im Flur herum und wartete auf Mama. Als sie rauskam, wurde mir schwarz vor Augen. So ein Gesicht habe ich bei Mama nie gesehen, sogar als sie von Opas Tod hörte.

Ich werde sterben. Das habe ich sofort verstanden. Mein Herz schmerzte deutlich in der Brust und ich verstand, zum ersten Mal, wo es sich tatsächlich befindet.

Alles ist vorbei! Luna, ich werde dich nicht vergessen!

Bleich und ungelenkig, wie versteinert, gab mir Mama ihre Hand und wir torkelten aus dem Krankenhaus, wie zwei kurz auferstandene ägyptische Mumien. Ich habe vor kurzem ein Buch über Ramses den Zweiten gelesen und dachte oft daran. Schade, dass man jetzt keine Balsamierungen mehr durchführt. Wenn ich sterbe, wäre es toll, eine Mumie zu werden.

Ich hatte keine Angst. Ich war so oft in Krankenhäusern gewesen und hatte auch einige Kinder kennengelernt, die dann später starben. Am meisten tat es den Erwachsenen weh. Die Angehörigen haben zu leiden. Mama und Luna werden ohne mich weiterleben müssen. Ich stellte meiner Mama keine Fragen. Ihr Gesicht sagte mir mehr, als alle Worte. „Ihr Gesicht sprach Bände", hatte mir Dieter beigebracht.

Als wir zu Hause ankamen, ging jeder zunächst in sein eigenes Zimmer und blieb eine Weile da. Später haben wir geweint. Ich hörte, wie Mama weinte und drückte mir ein paar Tränen aus den Augen, auch weil sie mir sehr leid tat. Was wird sie dann ohne mich tun? Sie ist natürlich nicht mehr jung, fünfunddreißig, aber ein paar Jahre muss sie sich noch ohne mich durchschlagen. Dann dachte ich noch kurz über Papa Dmitro nach, mit dem ich schon sehr lange nicht gesprochen hatte, und über Papa Dieter, der in der letzten Zeit so etwas wie ein guter Freund geworden war. Dann sprangen meine Gedanken zu Luna, zu ihrem außerirdischen Gesicht und ihren goldenen Haaren und jetzt flossen mir echt die Tränen in Strömen, denn ich stellte mir vor, dass Luna eines Tages einen anderen, einen Gesunden heiraten wird, und dem wird sie ganz bestimmt auch ihre Aufmerksamkeit schenken, ihn anschauen mit ihren Augen, deren Farbe ich nicht kenne. Bei all diesen Gedanken schlief ich wahrscheinlich ein, denn als ich wieder aufblickte, war es dunkel draußen. Mir knurrte der

Bauch und ich dachte, dass ich seit früh am Morgen nichts gegessen hatte. Ich schlich leise in die Küche in der Hoffnung, dass die Erwachsenen längst schlafen. Am Küchentisch saß Mama.

Ich atmete erleichtert aus. Sie wird wenigstens nichts dagegen haben, dass ich etwas esse. Ich holte mir Butter und Brot aus dem Kühlschrank, machte mir ein dickes Butterbrot und biss gleich zweimal nacheinander hinein. Klar wusste ich, dass man nicht so viel in den Mund nehmen soll, aber das war herrlich. Mama schaute mit zarten Augen auf mich und auf ihrem müden Gesicht schlummerte ein seltsames Lächeln. Sie zog ab und zu ihre Augenbrauen nach oben und ließ sie dann wieder sinken – und das die ganze Zeit und immer wieder. Selbst bei meinem dritten Butterbrot.

„Mama, ist alles in Ordnung?", fragte ich, als noch nicht alle Reste im Mund verschwunden waren.

„Alles in bester Ordnung, mein Schatz." Ihre Augen funkelten etwas komisch.

„Na toll!", dachte ich, „diese Geheimspielchen mit guter Laune bei den Sterbenden. Eltern denken, dass sie ihren Kindern etwas vorgaukeln können."

„Jaroslav, wir müssen reden."

Die Kinderregel Nummer eins: Wenn Mama dich mit vollen Namen anspricht, erwartet dich nichts Gutes. Ich nickte mit dem Kopf.

„Jaroslav, du weißt, dass wir nach Deutschland umgezogen sind, damit du hier am Herzen operiert werden kannst." Ich nickte noch einmal.

„Und heute …", Mamas Lippen fingen an zu beben, „und heute hat man mir gesagt, dass du nicht operiert wirst."

Sie schluchzte und putzte sich die Nase. Irgendwie erstarrte alles in mir. Ich war zwar bereit zu sterben, aber ganz ohne OP, ohne jeglichen Versuch, mich zu retten? Mir wurde schlecht, als würde mir jemand in den Bauch hineingreifen und mir den Magen mit beiden Händen fest zudrehen. Ich fühlte mich krank und verlassen.

„Slavik, mein Junge", sagte Mama mit strahlenden Augen, „du brauchst keine OP, weil du gesund bist. Allen Untersuchungen zufolge hast du keinen Herzfehler mehr!"

Und aus ihren Augen liefen Tränen, ohne dass sie es merkte. Nun ließen die gespenstischen Hände in meinem Bauch den Magen wieder los und alles drehte sich in umgekehrter Richtung. Das passierte so schnell, dass ich mir die Hände vor den Mund presste und aufs Gäste-WC floh, wo ich alles auskotzte, obwohl Dieter sagte, ich solle lieber „erbrechen" sagen.

Also nach dem Erbrechen ging es mir etwas besser. Ich spülte den Mund, wusch mein Gesicht und ging zu Mama zurück. Ich setzte mich neben ihr auf denselben Stuhl, sie umarmte mich mit beiden Händen. Sie konnte nicht aufhören zu weinen. So saßen wir beide mit nassen Gesichtern auf einem Küchenstuhl, umarmten uns und waren irgendwie so nah beieinander, als ob ich nie aus Mamas Bauch herausgekrochen wäre.

Nach einer Weile fragte ich Mama.

„Wann fahren wir nach Hause?", und merkte sofort, dass unser Zusammensitzen auseinanderplatzte, so schnell wie die Seifenblase. Mamas Körper versteinerte und sie hörte auf zu schaukeln.

„Wir fahren nicht nach Hause."

„Wieso?" Ich befreite mich langsam aus ihrer Umarmung. „Wir waren doch wegen der OP hier, nicht wahr?"

„Ja, zunächst, ja", sagte Mama ruhig. „Aber jetzt hat sich alles verändert."

„Was?" Ich sprang vom Stuhl. Diese neue Wahrheit war mir einfach zu viel. „Was hat sich verändert? Ich bin nicht krank. Ich will nach Hause! Ich will in meine Schule! Ich will zu meinen Freunden! Ich will nicht mehr ‚nimec‘ sein!"

Ich schrie laut und mir war es egal, dass ich Dieters Regel breche. Ich knallte noch extra mit der Küchentür und lief in mein Zimmer. Meine Zimmertür knallte noch lauter.

Am nächsten Tag ging es mir wie in einem schlechten Traum. Dieter sprach mit mir ganz trocken, Mama mied meine wütenden Blicke und in der Schule erwartete mich eine schreckliche Enttäuschung. Seit heute bekamen wir eine neue Sitzordnung. Ich saß jetzt in der dritten Reihe rechts und konnte problemlos geradeaus auf die Tafel schauen. Und Luna, mein Augenmagnet, saß jetzt hinter mir in der fünften Reihe. Wenn ich sie jetzt anstarren wollte, dann würde ich mich fast mit dem Rücken zur Lehrerin drehen müssen und das konnte ich mit keinem „ukrainischem Brauch" mehr retten. In meinem Leben, nachdem ich für gesund erklärt worden war, gab es eindeutig einen Riss. Mit schlechter Laune saß ich auf dem Schulhof und dachte, dass ich jetzt so viel würde machen können, was ich früher nicht durfte. Fußball spielen, laufen, auf Bäume klettern, aber mir war irgendwie nicht danach.

Mühsam schleppte ich mich nach Hause. Ich ging in mein Zimmer und legte mich direkt in der Straßenkleidung quer aufs Bett, was bei Dieter streng verboten war. Die Tür zum Zimmer öffnete sich vorsichtig. Dieter war natürlich in der Wohnung. Er arbeitete zu Hause und wenn Mama bei der Arbeit war, war er immer da gewesen, um mich ständig mit diesen blöden Regeln zu belehren. Aber jetzt war es mir egal. Ich blieb einfach, so wie ich war, quer auf dem Bett liegen. Mein Gesicht baumelte in der Luft, genauso meine Füße. Das gab manchmal ein Gefühl der Schwerelosigkeit. Plötzlich änderte sich der Druck unter meinem Bauch. Ich drehte den Kopf und staunte. Dieter lag neben mir quer auf meinem Bett und sein Kopf baumelte neben meinem.

„Mache ich es richtig?", fragte er.

Ich drehte mich um und schaute auf seine Füße. Sie standen fest auf dem Boden.

„Nein, die Beine müssen auch hoch."

Dieter streckte seine langen Beine und versuchte, so zu bleiben.

„Ganz schön schwer", sagte er und sein Kopf lief etwas rot an. „Wie lange kannst du das so machen?", presste er schwer atmend durch die Zähne.

„Ganz lange", sagte ich ruhig. „Aber ich hab's einfacher. Ich habe nicht so lange Beine."

„Darf ich's mir wieder etwas bequemer machen?", fragte Dieter.

„Klar."

Er setzte sich aufs Bett.

„Jarik", sagte er. Das war seine eigene Kreation aus Jaro und Slavik und die gefiel mir irgendwie.

„Ich weiß, wie schwer es für dich ist, dass du in Deutschland bleiben musst, aber du musst die Entscheidung deiner Eltern akzeptieren."

„Meine Eltern?" Diese Worte wirbelten wie in einem Sturm in mir. Ich erhob mich schnell und setzte mich ihm gegenüber. „Das ist eure Entscheidung, von dir und meiner Mama. Mein Papa Dmitro erwartet mich in der Ukraine!"

„Nein, Jarik", sagte Dieter leise. „Dein Vater Dmitro hat vor einem Jahr geheiratet und wohnt jetzt mit seiner Frau in Italien.

Er freut sich, dass du gesund bist und lässt dich grüßen."

Mein Mund stand offen, meine Augen wurden rund.

„Es tut mir leid, Jarik. Ich hielt es nie für eine gute Idee, diese Nachrichten von dir fernzuhalten, aber deine Mama hatte Angst, dass es bei dir Herzbeschwerden auslöst. Deine Mutter macht sich so viele Sorgen um dich …"

„Meine Mutter, meine Mutter!!!", schrie ich laut und lauter. „Sie ist eine Lügnerin „Sie hat alle belogen. Mich! Dich! Papa Dmitro!"

Mir tat alles so weh und ich wollte diesen Schmerz gerne teilen. Durch böse Tränen schrie ich Dieter an, schrie die ganze Wahrheit heraus.

„Sie hat dich belogen, von Anfang an! Sie hat dich geheiratet, nur damit ich eine OP in Deutschland bekomme. Sie hat dich ausgenutzt! Einfach so! Sie hat meinen Papa verlassen, weil er für die OP nicht genug Geld hatte. Er hat mich geliebt! Sie hat alles kaputtgemacht! Alles kaputtgemacht!"

Ich weinte und schüttelte mich wie im Frost. Dieter saß ruhig da und sagte keinen Mucks. Dann ging er raus, holte sein Telefon und zeigte mir das Foto. Auf dem Foto war mein Papa Dmitro. Er umarmte eine Frau mit langen Haaren, die meiner Mama etwas ähnlich sah, nur die Haare waren dunkel.

„Ist er glücklich?", fragte ich, krächzend vom Schreien und Weinen versagte meine Stimme.

„Ich denke schon", sagte Dieter.

„Warum hat sie es mir nicht gleich erzählt?"

„Deine Mama dachte, diese Nachricht wird dich umbringen."

„Hat sie doch", sagte ich und rutschte auf den Boden. Ich drehte mich auf den Rücken und schaute an die Decke. Dieter machte es mir nach. Irgendwie war er heute ganz gelenkig. Und so lagen wir beide auf dem Boden und starrten die Decke an. Sie war ganz okay, nicht schmutzig, weiß gestrichen. Ich wollte zwar eine farbige Decke haben, aber Dieter ließ sie weiß.

„Sie ist ganz in Ordnung", sagte Dieter.

„Ja", sagte ich und dachte, dass wir über die Decke sprechen. „Weiß mag ich nicht so gerne, aber hier ist es okay."

Dieter lachte. „Ich meine deine Mama. Sie hat mich nicht belogen. Sie hat mir bei unserem ersten Treffen gesagt, warum sie nach Deutschland will."

„Und du? Warum?" Ich stützte mich auf die Ellenbogen, um ihm ins Gesicht zu schauen. „Warum hast du dann uns ..."

„Ich liebe deine Mama", sagte Dieter und guckte jetzt auf mich.

„Du liebst sie?" Ich staunte nicht schlecht.

Dieter lachte.

„Hast du schon mal jemanden geliebt?", fragte mich Dieter ernst.

Ich nickte und dachte an Luna.

„Was würdest du für sie tun?", fragte er mich wieder.

Ich legte mich zurück auf den Rücken und stellte mir die goldene Krone vor, die die Sonne in Lunas Haar zaubert.

„Alles", sagte ich nach einer Pause.

„Ich auch", sagte Dieter. „Alles."

Und wir lagen noch eine Weile auf dem Boden und starrten die Decke an, die sich langsam im Sonnenuntergang orange färbte.

Wenn ich schon in Deutschland bleiben musste, dann wollte ich nicht länger stumm bleiben. Ich fing an, die Sprache richtig zu lernen und konnte bald in den Pausen einige Mädchen mit meinen Witzen zum Kichern bringen. Einige, viele. Fast alle, außer einer – Luna. Nach wie vor gönnte mir Luna keinen Blick, außerdem wuchs sie und war jetzt größer als ich, so dass sie beim

Gehen fast über meinen Kopf hinweg schauen konnte. Aber das entmutigte mich nicht. In der neuen Sitzordnung konnte ich jetzt ihr linkes Profil studieren. Das war noch schöner als das rechte. Ich war so oft ins Betrachten von Luna vertieft, dass ich kaum atmete. Sie legte manchmal ein leichtes, blaues Tuch um den Hals, das mir sehr gefiel. Sind ihre Augen blau, so wie das Tuch? Das würde gut zu ihrem Haar passen. Ihre Schönheit tat mir fast weh.

Das hat mir auch Mama gesagt, dass die Liebe weh tun kann. Sie weinte und entschuldigte sich bei mir, dass sie sich so in Dieter verliebt hatte. Ich tröstete sie und sagte, dass Dieter als Papa ganz okay ist, es gibt bestimmt Schlimmeres. Der hat zwar tausend blöde Regeln, für zu Hause und überall, aber mit Dieter konnte ich wenigstens reden.

„Es wäre kein Glück, wenn Unglück nicht geholfen hätte", sagte Mama. Und ich habe sie überhaupt nicht verstanden. Dieter war ihr Glück, das war klar. Aber wer oder was war ihr Unglück: Ich oder Papa Dmitro? Egal.

In der Pause haben die Jungs wieder Fußball gespielt. Ich versuchte, mich langsam an die Regeln heranzutasten. Ich fand Fußball mittlerweile nicht mehr ganz so dumm, wie zu meinen „kranken Zeiten". Ein starker Windstoß trieb den Ball in Richtung Tor und der Torwart machte einen wilden Sprung. Das rettete die Mannschaft. Ich war begeistert und hörte hinten die Schreie von Mädchen. Das war mir neu, dass sie auch unseren Fußballern solch einen Beifall schenkten. Ich drehte mich um und sah, dass sie einen anderen Grund zum Schreien hatten. Der starke Wind hatte den Mädchen etwas geraubt und es in den großen Baum am Rand des Pausenhofs geweht. Vor ihm standen sie jetzt aufgeregt und schauten nach oben. Ich trat dazu. In der Mitte der Mädchen stand Luna und schaute wie die anderen nach oben. In der Baumkrone, wie an einem Haken, wehte das wunderschöne blaue Halstuch. Das war Lunas Tuch. Ich weiß nicht, was in mir losging, als ich verstand, dass es ihr Tuch war, das da oben, direkt unter den Wolken hängte. Ich rannte zum Baumstamm und kletterte rauf wie ein professioneller Affe. Als ob ich das jeden Tag geübt hätte. Ich dachte nicht darüber nach, wie ich das mache, ich hob meine Arme, stemmte mich nach oben, suchte einen dicken Ast und stellte meinen Fuß darauf. Ich schaute direkt auf das Tuch, das genauso blau wie der Himmel war und steuerte direkt auf mein Ziel. Oben angekommen, stellte ich meine beiden Füße stabil, hielt mich mit der rechten Hand fest und streckte meine Linke so weit wie es ging. Ich konnte das Tuch schon zwischen meinen Finger tasten. Ich zog etwas, aber das Tuch war stark verheddert und saß richtig fest. Ich musste ihm noch etwas näher kommen.

Die Äste waren nicht mehr so stabil und wesentlich dünner. Das war riskant. Aber ich musste es tun. Ich bewegte mich ganz langsam, wie in Zeitlupe. Ich legte mich mit dem Bauch auf einen schon ziemlich dünnen Ast und verlangsamte meinen Atem. Mit beiden Händen löste ich vorsichtig den blauen Stoff und eine Weile hielt ich das Tuch fest in meiner Faust. Das war mein Triumph!

Davor war ich wie unter Narkose: Ich hörte nichts und spürte nichts. Jetzt begann ich, alles wahrzunehmen. Der Wind blies mir ins Gesicht, der Ast wackelte unter meinem Gewicht, doch von unten kamen euphorische Schreie. Ich blickte nach unten und sah, dass die Mädchen jubelten und „Jaro-Jaro" schrien und dann sah ich Luna. Sie blickte mich direkt an.

Ich erinnere mich nicht, wie es passierte, man hat mir viel danach erzählt. Aber ich weiß genau, dass ich ihrem Blick nicht standgehalten habe. Das war der Grund, warum ich fiel – und nicht mein ungeübter Körper, der dünne Ast oder der böige Wind. Ich hatte ihr Tuch auf jeden Fall gerettet.

Die Ärzte konnten meine Faust noch stundenspäter nicht öffnen, so fest ich dieses blaue Stück Stoff hielt. Und so wurde ich doch noch in Deutschland operiert.

Ich habe mir nichts Wesentliches gebrochen, nur das linke Bein, den rechten Arm und ein paar Rippen. Es hätte viel schlimmer ausgehen können. Viel, viel schlimmer. Ich habe mehrmals versucht, das auch meiner Mama zu erklären, aber sie wollte nichts davon hören. Sie schrie und weinte, schimpfte und weinte wieder. Dieter war sparsamer mit seinen Worten.

„Das ist eine Dummheit. Man kann auch anders Aufmerksamkeit gewinnen."

Manchmal hat er recht, aber diesmal nicht. Denn Luna selbst kam zu mir ins Krankenhaus. Sie setzte sich an mein Bett und schaute mir, wie gewohnt, nicht in die Augen. Ich starrte ihr ins Gesicht und wünschte mir, ihr Tuch wäre nicht so hoch gewesen. Denn aus der Höhe hatte ich ihre Augenfarbe nicht erkannt.

Sie fragte mich etwas, wie ich mich fühle oder so. Ich fragte, wie geht es in der Schule ... Und dann plötzlich:

„Jaro, warum hast du das gemacht?"

„Was?"

„Klettern. Auf den Baum."

Warum habe ich das gemacht? Eine gute Frage. Ich habe keine Ahnung, warum ich das gemacht habe. Die Sekunden vergingen. Die wichtigsten Sekunden in meinem Leben.

„Ich wollte dich zum Lachen bringen!"

„Was wolltest du?"

Luna drehte sich mit dem ganzen Körper zu mir und schaute mit ihren grünen Augen mir direkt ins Gesicht.

„Ja", sagte ich. „Sehe ich jetzt nicht etwa komisch aus?"

Mein eingegipstes Bein hing an einem Trapez über dem Bett, mein rechter Arm lagerte auf einer Stütze, das sah nicht besonders lustig aus. Ich musste aber etwas unternehmen. Ich streckte meinen gesunden linken Arm und mein rechtes Bein zu den Seiten und fing mit allen vieren zu strampeln. Mein eingegipster Arm und Bein bewegten sich so hölzern und setzten den ganzen Körper in eine schwingende Bewegung. Ich hatte mich in einen Hampelmann verwandelt.

Luna schaute eine Weile auf mich und begann langsam an zu kichern. Ich fühlte mich erleichtert. Endlich hatte ich es geschafft. Ich fing an zu lachen und sie folgte mir nach. Obwohl mir beim Lachen alles wehtat, besonders die gebrochenen Rippen, konnte ich nicht aufhören.

ohammi

ohamme

Mohammed

Mohammed

Mohammed

Mohammed

Mohammed

Mohammed

Mohammed

Mohammed

Mohammed

Mohammed

Mohammed

Mohammed

Mohammed

Mohammed

Mohammed

Mohammed

Mohammed

Pressebericht:
In einem Einkaufszentrum wurde am Sonntag, den 20.07.2017, ein schreckliches Attentat verübt. Die Identität des Attentäters konnte mit Hilfe der Überwachungskamera auf dem Parkplatz schnell geklärt werden.

Es handelt sich um den 24-jährigen Mohammed D., der einen Sprenggürtel hatte explodieren lassen. Dabei starben neun Menschen, mehrere wurden verletzt. Den Berichten der Augenzeugen zufolge wurde das Attentat von einem einzigen Mann ausgeübt, der alleine am Tatort war. Im Einkaufszentrum wurden auch Sachschäden in beträchtlicher Höhe angerichtet. Die vielen Verletzten befinden sich in den umliegenden Krankenhäusern. Die Familien der Angehörigen stehen unter Schock.

Der Attentäter wurde der Polizei nie als verdächtig gemeldet. Er ist zusammen mit seiner Familie vor zwanzig Jahren nach Deutschland gekommen. Die Nachbarn und Mitschüler charakterisieren Mohammed als einen netten und freundlichen jungen Mann. Wo und wann Mohammed D. radikalisiert wurde, ist unbekannt. Vertreter aller wichtigen gesellschaftlichen Gruppen äußerten sich entsetzt über diese grausame Tat. Die Ermittlungen werden fortgesetzt.

20.07.2017; 13:30 Uhr
Einkaufszentrum.
Viele Autos auf dem Parkplatz.
Heute ist ein großer Tag für mich. Mein Herz schlägt schnell und beginnt zu rasen. Atme ein und aus, ein und aus, ganz langsam, wie Ramsul sagte.

73

„Doch wer sich Allah hingibt und Gutes tut, der hat seinen Lohn bei seinem Herrn; und diese werden weder Angst haben noch werden sie traurig sein".[8]

Ich komme rein, presse die Zähne zusammen, damit ich nicht zittere. Ich atme ruhig, Ramsul. Ich atme ruhig. Allah, ich liebe alle diese Menschen, ich werde sie heilen und zu dir bringen.

Meine Hände sind verschwitzt und rutschen beim ersten Versuch von der Schnur. Eine Frau in der Nähe sieht mein Gesicht und schreit erschrocken, ich schreie zurück.

Meine Hand rutscht ein zweites Mal ab, jemand schreit etwas, ich höre das Pfeifen, sehe panische Gesichter, alle rennen weg, ich renne ihnen hinterher und endlich zerre fest an der Schnur: „Allah ak ..." Orange, Gold, Rot. Ich habe Flammen gefangen.

20.07.2017; 10:30 Uhr

Drei Tage Vorbereitungen sind vorbei, mit Gebeten und Fasten, mit Gesprächen und Koordination. Ich bin jetzt bereit: stark und kühl, wie der Körper einer Rakete. Ich bin eine Rakete. Ich bin eine Vernichtungsmaschine auf dem Weg zu ihrem Ziel. Ich werde alle diese Menschen, die dieses verdorbene System heilig heißen, retten. Sie haben keinen rechten Glauben. Ihr Gott ist Geld. Es herrscht allein. Ich gehe meine Route, ganz nach Plan. Ich habe noch genug Zeit.

Da kommt ein junges Mädchen, 13, 14 Jahre alt. Kurze Shorts. Ihre Pobacken schaukeln nach rechts, nach links. Wozu ist sie so angezogen? Ist sie eine Hure? Bestimmt nicht. Aber dieses System macht sie zur Hure. Ich kann ihr helfen. Ich will nicht, dass meine Schwestern und meine Tochter sich so anziehen.

Man kann dieses Geldsystem von Wucherern nicht mehr repa-

---

8   *Koran Sure 2, Vers 112*

rieren. Man muss es vernichten und ein neues, gerechtes System einführen, mit dem richtigen Glauben und den wahren Gesetzen. Wir, die Heilige Armee, werden diese Welt retten. Wir werden dieses Mädchen heilen. Ich werde sie heilen. Ich werde alle heilen, die ich mitnehmen kann. Und die Nächsten werden meine Brüder heilen, und die Nächsten und die Nächsten, bis wir die ganze Welt von diesem Geldglauben heilen. Ich bin eine Heilsrakete und steure auf mein Ziel hinaus.

17.07.2017

Die Sonne scheint ganz ungewöhnlich warm für Deutschland, als wäre ich im Süden. Dort, wo in den Kämpfen Abdul und meine anderen Brüder gestorben sind.

„Wir sind Soldaten, wir weinen nicht. Wir kämpfen noch härter weiter für die, die nicht mehr bei uns sind", sagte Ramsul immer. Ramsul ist jetzt auch tot. Meine letzte Aufgabe habe ich von Jo bekommen. Er hat mir über unsere Verluste erzählt.

„Jetzt bist du dran, Mohammed. Wir zählen auf dich. Deine Heldentat wird unserem Glauben dienen."

Ich verabschiedete mich von meinem geliebten Mädchen: Aische ist hochschwanger. Mein Sohn, er soll Ramsul heißen, soll bald die Welt sehen. Schade, dass wir uns nicht mehr hier treffen. Leila weint und will mich nicht loslassen, als ob sie etwas ahnt. Aische ist ahnungslos. Eine Dienstreise, sage ich ihr.

„Passt gut auf euch auf", sage ich zu Leila und küsse sie auf die Nasenspitze.

Ich habe keinen Weg zurück.

„Du hast doch deine Familie, Mohammed", sagt Jo: „Mach dir keine Sorgen. Sie bekommen eine Unterstützung von uns. Wenn du uns aber enttäuschen willst, bekommen wir deine Familie."

Das war eigentlich unnötig. Ich kenne das. Ich weiß, wie unsere Armee handeln muss. Ich bin selbst ein Trainer. Ich war selbst ein Trainer. Der letzte von unserer Ramsul-Gruppe, der noch am Leben ist. Abdul hatte Recht. Sie alle hatten Recht. Sie starben alle im Kampf für unseren Glauben, zusammen, so wie wir gebetet haben. Das wäre mir lieber gewesen. Ich habe Angst. Ich wollte nie ein Held werden. Ich bin kein Held. Ich werde für unseren Glauben sterben ...

08.10.2015

Abdul ist seit anderthalb Jahren im Kampf. Er ist ein Soldat der heiligen Armee. Er macht jetzt „seine Reise", die ihm Ramsul vor Jahren versprochen hatte. Ich bin der Einzige aus meiner Gruppe, der hier geblieben ist. Ich würde auch gerne dort sein, mit unseren Jungs, mit Kobo.

Ich bin jeden Tag in der Moschee, so wie früher. Wir haben jetzt einen neuen Lehrer. Er heißt Narun und sieht Ramsul etwas ähnlich. Ist aber ein anderer Typ. Sehr energisch, Feuer und Flamme. Die Jungs, die gerade zu uns kommen – ich habe auch schon viele mitgebracht –, sie sind alle von Narun geblendet. Wenn er über die schwierigsten Suren redet, hängen sie ihm an den Lippen.

Ich habe jetzt das Training übernommen. Die harte Schule von Kobo nutze ich jetzt, um die neuen Jungs für den Kampf vorzubereiten. Ich selbst bleibe solange in Deutschland, wegen Aische oder eigentlich wegen meiner Mutter.

Nach Ramsuls Besuch vor drei Jahren benahm sich meine Mutter, als wäre sie verrückt. Sie fing an überall zu schnüffeln, Informationen zu sammeln, wurde so misstrauisch und wollte plötzlich alles über unsere Moschee wissen.

Was wir dort machen? Was wir lernen? Wie oft wir dort beten? „Mutter", sagte ich ihr ruhig, so wie es Ramsul getan hätte, „davor warst du unzufrieden, dass ich gar nicht bete, jetzt bist du unglücklich, dass ich viel bete."

„Nein, nein. Ich bin glücklich, dass du betest. Aber ich will nicht, dass du einer von denen wirst …", sagte meine Mutter und biss sich in die Lippe. Sie hatte Angst, ihren Verdacht laut zu äußern.

„Einer von wem?", fragte ich kühl. Ich wusste schon, dass manche Quasi-Moslems uns nicht mögen.

„Ich meine …", Meine Mutter hatte sich ganz verhaspelt.

„Mutter, ich bin ein Mann. Ich respektiere dich, weil du meine Mutter bist, aber meine Entscheidungen treffe ich selbst", sagte ich entschlossen.

Meine Mutter weinte.

„Was konnte eine Frau schon tun?", dachte ich, aber sie tat tatsächlich einiges.

Seit unserem Gespräch fing meine Mutter an, unverheiratete Mädchen unter verschiedenen Vorwänden zu uns zum Essen einzuladen. Jedes Wochenende fand ich ein neues Gesicht an unserem Familientisch.

„Mama will, dass du heiratest", kicherten meine Schwestern.

Alle eingeladenen Mädchen waren nett und alle waren mir gleichgültig, bis Aische kam.

Sie saß am Tisch so, als wollte sie sofort wegrennen. Der Sessel schien für sie wie ein Folterstuhl zu sein. Als das Essen zu Ende ging, verabschiedete sie sich freundlich und rannte zur Tür. Meine Schwestern machten sich aus diesen Heiratswochenenden ihren eigenen Spaß. Sie trafen die arme „Braut" nach dem Essen im Korridor und flüsterten ihr viele Gemeinheiten über mich zu.

Ich habe dieses Spiel geduldet, schließlich war das nicht meine Idee mit der Heirat. Diesmal wollte ich Aische den unnötigen Stress ersparen und eilte selbst in den Korridor, meinen Schwestern entgegen. Sie sahen mich und liefen kichernd wieder weg.

„Danke, Aische, dass du zu uns gekommen bist", sagte ich. „Ich hoffe meine Schwestern haben dir jetzt grade nichts Blödes gesagt".

„Nein. Jetzt nicht", sagte Aische mutig. „Aber vor dem Essen, als ich gekommen bin, sagten sie mir, dass du schon längst eine deutsche Frau und einen unehelichen Sohn hast. Aber ich darf es deinen Eltern nicht erzählen, weil sie sonst auf der Stelle sterben", sagte Aische energisch. „Ich finde es blöd, dass ich meine Zeit für dich verschwenden musste".

„Was für ein Quatsch. Das ist doch Blödsinn!" Ich lachte laut. „Was für eine Fantasie."

Aische schaute mich ganz aufmerksam mit ihren dunklen, runden Kirschaugen an und dann lachte sie mit. Ein halbes Jahr später waren wir verheiratet, nur ein Jahr später kam meine wunderschöne Tochter Leila zur Welt. Allah sei Dank, sie ist gesund und macht uns glücklich.

Ramsul, der uns alle noch im Auge behielt, hatte empfohlen, dass ich das Training übernehme. Er sagte mir bei unserem Skype-Gespräch: „Sei ein guter Vater, nicht nur für deine Tochter, sondern auch für unsere Jungs, Mohammed. Du bist ein Soldat der Heiligen Armee, mein Sohn, vergiss es nicht. Wenn wir dich brauchen, werden wir dich rufen."

03.12.2012
Ramsul ist weg. Vor drei Monaten musste er wieder zurück. Wir haben jetzt einen neuen Lehrer. Er heißt Kobo. Kobo ist fünfunddreißig, sieht aber viel älter aus. Seine Haare sind grau. Er war

bei vielen Kämpfen dabei, zuletzt in Afghanistan. Kobo ist sehr stark. Er macht mit uns das Training. Das ist aber eher eine richtige Dressur. Ramsuls Training war im Vergleich zu ihm eine Erholungstour. Kobo sagt, wenn wir nach seinen Übungen heulen: „Wenn ihr erst mal dort seid, werdet ihr meine Härte schätzen.". Wir werden bald unsere „Reise" machen, wie es Abdul mir vor drei Jahren versprochen hatte. Wie naiv wir damals waren, nichts wissend, blöd, ungläubig.

Bald bin ich fertig mit meiner Ausbildung, werde noch die Prüfungen schaffen, bevor es losgeht.

Meine Eltern sind froh und glücklich. Mein Vater wollte unsere Moschee besuchen und sich bedanken, damals noch bei Ramsul. Ramsul sagte, dass er lieber zu uns kommt. Kurz vor seiner Abreise war er bei mir zu Hause. Meine Mutter bereitete ein Festessen und alle empfingen Ramsul als einen sehr großen Gast. Ramsul sprach viel mit meinem Vater über mich, und meine Mutter bedankte sich, dass ich wegen ihm so viel ruhiger und ein guter Moslem geworden bin und meine Ausbildung bald zu Ende bringe. Ramsul nickte, war sehr aufmerksam und geduldig, so wie er es immer war.

Zum Schluss bedankte sich Ramsul bei meinen Eltern und sagte, dass er bald abreist, mich aber gerne zu sich einladen würde.

„Wohin?", wollte mein Vater wissen.

„Wo Allah einen seiner Helden braucht", sagte Ramsul mit freundlichem Lächeln.

22.11.2011

Seit knapp einem Jahr bin ich bei Ramsul in der Moschee. Das ist das Beste, das mir passieren konnte. Ich habe früher gar nichts gewusst. Und nicht nur ich. Abdul und die anderen Jungs wussten das auch nicht. Ramsul erzählt uns viel über das Heilige Buch Koran, über die Bedeutung unseres Schicksals, über unsere große Mission. Ich wusste nicht, was es bedeutet, Moslem zu sein. Meine Eltern, die sich selbst für Moslems halten, verstehen ganz wenig davon.

Meine Mutter war sehr glücklich, als ich zu beten angefangen habe. Aber nicht nur Mutter. Ich bin auch glücklich geworden. Alles hat jetzt einen richtigen Platz in meinem Leben. Das Beten hat mein ganzes Leben verändert. Ich weiß jetzt, was ich will. Ich bin Allahs Geschöpf und kann meine Zeit nicht blöd vergeuden.

Ich stehe um 6.00 Uhr auf, führe mein erstes Gebet aus. Das stimmt mich für den ganzen Tag ein. Dann esse ich und gehe zu meiner Ausbildung (ich werde Elektriker). „Das ist ein nützlicher Beruf und kann gewinnbringend für unsere Gruppe sein", sagte Ramsul. Nach der Schule fahre ich direkt zu uns in die Moschee, wo ich mich mit Ramsul und den Jungs treffe. Das ist mein echtes Zuhause. Hier beten wir gemeinsam. Das ist ein unbeschreibliches Gefühl, zusammen zu beten. Wenn wir alle gleichzeitig zusammen knien, als ob wir einen gemeinsamen Körper haben, wenn wir alle, wie aus einem Mund, die gleichen heiligen Zeilen wiederholen. Ich habe das Gefühl, dass ich mich auflöse. Es gibt nur noch das Wir, nicht mehr mein Ich.

Nach dem Gebet und gemeinsamen Essen gehen wir immer unterschiedlichen Dingen nach, mal Lernen, mal Kämpfen wir, mal gehen wir schwimmen. Ramsul sagt, dass wir körperlich fit sein müssen und immer für den Kampf bereit. Es gibt noch viele Ungläubige, die gegen unseren Glauben sind und wir müssen bereit sein, ihn zu verteidigen.

18.11.2010
Ramsul ist so alt wie mein Vater oder sogar älter. Sieht aber ganz anders aus. Er schreit nie, sagt alles ruhig und fast leise. Du

versuchst sofort, still zu sein und ihm zuzuhören. Ich habe das Gefühl, dass er immer etwas Wichtiges sagt. Selbst wenn er über ganz normale Sachen redet, wie das Essen oder den Schlaf. Ich habe Ramsul vorher nie in unserer Stadt gesehen. Klar, das ist für ihn eben ein anderes Viertel und eine andere Moschee.

Ich weiß auch nicht, womit wir mit Abdul hier besonders helfen sollen. Alles ist so super sauber und ordentlich. Ramsul ist selbst auch sehr ordentlich. Er ist sportlich angezogen und hat keinen Bauch, wie mein Vater oder mein Onkel. Ramsul ist nicht sehr groß, hat aber starke Muskeln und wenn er geht, wirkt das, als sei er stets sprungbereit. Er erinnert mich an eine Raubkatze und ich stelle mir vor, dass er auch genauso leise springen kann.

Als Abdul mich Ramsul vorstellte, war ich wie versteinert. Aber Ramsul hat mich sehr gut angenommen. Ich dachte, er wird mir Fragen über den Koran stellen und ich hatte das schon alles vergessen. Aber Ramsul hat mich gar nichts gefragt. Er hat mich angelächelt und meine Hand gedrückt. Stark.

16.06.2010

„... und was machst du, Mohammed, nach der Schule?"

„Du, Abdul, keine Ahnung. Ich kann bei meinem Onkel im Geschäft anfangen."

„Ich such mir erst mal eine Lehre."

„Bist du verrückt? War das nicht genug mit den blöden Lehrern? Ich habe kein Bock mehr auf die Schule. Noch drei Jahre ..."

„Ich mache das zuerst. Eigentlich will ich reisen. Irgendwohin gehen, wo mir keiner sagt, was ich machen muss ..."

„Ja, das wäre cool, Alter. Fürs Reisen muss du aber was haben Abdul."

„Ich werde arbeiten und etwas Kohle machen."

„Wo denn? "

„Ich kenne einen Typen, Ramsul. Der hat mir angeboten, bei ihm zu arbeiten."

„Was machst du für ihn? Kisten schleppen? Das kann ich bei meinem Onkel auch."

„Quatsch. Ich muss in der Moschee aushelfen. Er zahlt mir dafür. Er sucht noch einen Helfer, wenn du willst …?"

„In der Moschee? Nein, danke. Ich gehe lieber bei meinem Onkel faules Obst sortieren."

„Mach's gut, Mohammed. Ramsul sagt, dass ich nach einem Jahr genug Geld für die Reise habe …"

03.02.2008

„Na, dann los! Ihr könnt mich rausschmeißen, wenn ihr wollt!" Ich knalle die Tür laut zu. Diese blöden Idioten! Die verstehen überhaupt nichts. Warum muss ich solche Eltern haben? Ich will Gitarre spielen, was ist daran so schlimm? Warum können Michael und Joschua das machen und ich nicht?

Ich renne weg, ich renne weg von zu Hause! Ich kann sie einfach nicht mehr ertragen! Sie verstehen mich nicht. Alles, was ich will, versuchen sie zu ruinieren! Ich habe keine Ruhe. Alle meine Freunde haben ihr eigenes Zimmer und einen Computer. Ich muss mein Zimmer mit drei Geschwistern teilen! Ich kann nichts machen. Ich muss nur das machen, was meine Eltern sagen, weil ich sie respektieren muss. „So steht es im Koran." Und immer diese blöden Belehrungen.

Scheiß auf die Regeln! Scheiß auf den Koran!

Scheiß auf diese Eltern!

Immer haben sie Angst vorm Klatsch und Tratsch. Das jemand etwas Falsches über uns sagt und jemand aus der Gemeinde das sieht …

Diese blöden Traditionen. Ich hasse sie!

Warum kehren meine Alten dann nicht zurück?

Warum haben sie mich nach Deutschland gebracht? Damit ich hier ihre blöden Traditionen befolge, die keiner außer ein paar verrückten Onkeln und Tanten kennt?!

Nichts darf ich haben. Selbst die beschissene Gitarre ist denen zu teuer. Was machen sie mit dem Geld? Wir bekommen doch Geld von der Stadt und Mama putzt noch die Schule.

Wenn ich länger in der Schule bleiben muss und sie schon mit ihren Eimern und Lappen auftaucht, versuche ich wegzurennen, bevor sie mich sieht. Das ist zum Kotzen. Dieses ewige dumme freundliche Lächeln von ihr.

Warum bin ich in diese Familie geboren worden?

Ich könnte auch ein Deutscher sein, frei und nicht Moslem. Ich hatte fast immer nur deutsche Freunde. Ich heiße Mohammed, bin aber durch und durch ein deutscher Junge.

03.10.2005

In der neuen Schule finde ich es doof. Alte Freunde aus der Grundschule sind jetzt in eine andere Schule gegangen. Die Neuen in meiner Klasse sind alle komisch. Die Lehrer sind blöd und schreien nur rum. Ich finde die Schule jetzt komplett langweilig. Zu Hause sitzen bringt auch nicht viel. Immer muss ich etwas machen.

„Mohammed mach dies, Mohammed mach das." Meine Schwestern müssen nichts machen. „Die sind noch klein". Und dieses Beten. Ich hasse es. Warum müssen wir immer zur Moschee? Die Deutschen gehen ein paar Mal im Jahr zur Kirche, zu Weihnachten und vielleicht noch zu Ostern. Das ist so ätzend, dass wir Moslems sind.

20.05.2003

Heute haben wir in der Schule Experimente gemacht. Wenn man Backpulver mit Essig zusammenmischt, kann es zur Explosion kommen. Das soll sehr gefährlich sein, deswegen machen wir das im Unterricht nicht. Wäre aber cool, das auszuprobieren.

Mein Freund aus der Schule heißt Elmar, ein Deutscher. Mein zweiter Freund Mehmed nennt ihn nur Apfel, weil „Elmar" auf Türkisch „Apfel" bedeutet. Ich heiße Mohammed, wie unser Prophet. Elmar nennt uns M und M's, weil er uns beide so ähnlich findet und unsere Vornamen mit „M" anfangen. Ich, Mehmed und Elmar, wollen dieses Experiment unbedingt machen. Wir holen uns das Zeug und basteln eine Rakete. Sie wird dann ganz hoch fliegen. Soo-ooo hoch.

09.09.2000

Papa erzählt mir, dass er für mich betet. Ich darf jetzt mit ihm in die Moschee gehen. Da muss ich Schuhe ausziehen und an Allah denken. Ich schaue meistens auf die Füße. Sie sind so interessant, so verschieden. Manche sind breit und groß, andere schmal. Die Zehen sind auch so anders. Einige ganz krumm oder aufeinander gebogen. Ich lenke mich ab und verpasse es zu beten.

Ist das schlimm?

20.07.1998

… ich habe heute etwas entdeckt: Wenn ich meine Finger zusammenhalte und durch die Hand zur Sonne schiele, werden sie orange, gold und rot, als ob ich Feuer gefangen hätte.

Agnes *und* Katarzyna

Agnes und Katarzyna

„... und was hast du gemacht?"

„Ich habe auf seine E-Mail geantwortet, Agnieszka", erzählt meine Freundin Kasja weiter. Eigentlich heißt sie Katarzyna, ist 1,80 groß und wiegt 120 Kilo. Wir kennen uns seit dem Kindergarten. Zwei polnische Mädchen, die eine eigene Sprache entwickelt haben. Die Kindergärtnerin meinte, dass wir Polnisch sprechen, die Eltern dachten dagegen, dass das Deutsch sei. Keiner verstand die Geheimsprache, die ich mir ausgedacht hatte. Kasja hat mir wie immer alles nur nachgemacht. Sie wollte ständig das spielen, was ich wollte, und dahin gehen, wo ich hin wollte. Seit dem Kindergarten war sie wie mein Schatten. Ach, unsere Kindheit ist längst vorbei. Keiner nennt mich mehr Agnieszka. Jetzt heiße ich Agnes, bin verheiratet und habe drei kleine süße Söhne.

Wir sitzen in einem kleinen Restaurant bei unserem traditionellen Treffen. Ich treffe mich mit Kasja jeweils am letzten Freitag im Monat. Das ist mein privates Engagement: Mehr kann ich momentan für sie nicht tun. Ich fühle mich aus menschlichen Gründen verpflichtet, mich mit Kasja wenigstens dieses eine Mal im Monat zu treffen.

„Wenn ich das nicht machen würde, würde es keiner für sie tun", sage ich ständig zu meinem Mann Christian.

Kasja geht alleine nie aus und hat deswegen keine Chance, jemanden kennenzulernen. Aus diesem Grunde gehe ich mit ihr. Wenn wir allerdings zusammen sind, starren alle Männer nur mich an. Aber was kann ich dafür?

Ich war schon immer sehr attraktiv. Kasja dagegen war immer das größte und dickste Mädchen von allen und somit die perfekte

Zielscheibe für alle Arten von bösen Klassenclowns. Jeder konnte mit Kasja-Scherzen punkten. Sie schien aber nie wirklich beleidigt zu sein. Kasja hat den harmlosesten Charakter auf der Welt. Sie ist mit allem einverstanden und wird nie zu jemandem „nein" sagen, weshalb sie oft ausgenutzt wird. Sie ist zum Beispiel diejenige im Betrieb, die an Weihnachten oder Feiertagen garantiert die Schicht übernehmen wird. So war das beim letzten Oktoberfest, als wir mit Christian weggehen wollten. Kasja hatte plötzlich eine Schicht aufgedrückt bekommen. Ich war ziemlich enttäuscht.

Wenn ich mit meinem Mann ausgehe, übernimmt Kasja immer freiwillig das Babysitten bei uns. Meine Jungs freuen sich wie verrückt, wenn sie kommt. Das ist mir sogar ein bisschen peinlich. Mein Mann wollte Kasja als Patin für unseren kleinsten Sohn haben, aber ich fand das übertrieben. Das ist doch eine große Verantwortung. Man darf es nicht jedem Beliebigen anbieten.

Dann hatte mein Mann noch eine verrücktere Idee gehabt. Ohne mich zu fragen, hatte er Kasjas Daten in einem Portal für Partnersuche inseriert.

„Was soll denn daraus werden?", habe ich ihn gefragt. „Ich halte nichts von diesen Internetbekanntschaften! Und außerdem bezweifle ich, dass ihr überhaupt jemand schreiben wird." Und dann kam es so, dass sie tatsächlich angeschrieben wurde.

„... und was hat der Typ dir vorgeschlagen?" Ich will jetzt alles genau wissen: „Ich hoffe nichts Unanständiges?"

„Nein. Er hat mich eingeladen, zusammen Silvester mit ihm zu feiern. In Berlin. Vor dem Brandenburger Tor."

„Verrückt", murmele ich. „Du bist doch nicht nach Berlin ..."

Ich schaffe den Satz nicht zu Ende, als Kasja mit dem Kopf nickt.

„Ja, klar", sagt sie mit ihrem ewigen dümmlichen Lächeln. „Ich bin nach Berlin gefahren."

Ich bestelle zwei Cocktails. Kasja trinkt nicht. Während ich ihr zuhöre, fließt jede Menge Alkohol durch den dünnen Strohhalm in mich rein. Ich winke ihr mit der Hand, damit sie weiter erzählt.

„Ich habe ein Ganzer-Tag-Ticket gekauft und bin gefahren. Weißt du, ich dachte, wenn wir uns nicht treffen, kann ich wenigstens mit demselben Ticket zurück. Das ist doch 24 Stunden gültig."

Ich nicke, ohne den Strohhalm aus dem Mund zu nehmen.

„Also bin ich: sieben Stunden gefahren, viermal umgestiegen, in einem Zug eingeschlafen, den Anschluss verpasst ... aber gut. Um 23:30 Uhr stand ich an unserem Treffpunkt."

„Wo war das denn?"

„An der dritten Laterne auf der rechten Seite, wenn man auf das Brandenburger Tor schaut."

„Wie dämlich!", fällt mir nur dazu ein. „Wie hast du denn ihn überhaupt erkannt? Ihr habt doch euch vorher nicht gesehen?"

„Nein. Ich habe ihn auch gar nicht erkannt. Er hat mich erkannt. Christian hat doch mein Foto in der Anzeige veröffentlicht."

„Echt? Das wusste ich nicht. Wie sah denn der Typ aus?"

Alkohol strömt mir durch die Adern und ich muss mein Jackett ausziehen. Es ist sehr warm geworden.

„Ah, eigentlich ganz gut. Er hat sich sehr genau beschrieben."

Kasja holt ein gefaltetes Blatt aus der Tasche. Ich erkenne das Logo des Partnersuche-Portals. „Ein Mann 1,82 groß, stämmig, dunkelbraune Haare, blaue Augen."

„Sollte etwas größer sein als du", rechne ich nachdenklich vor. Kasja schaut mich unschuldig mit ihren Kuhaugen an.

„Nein, in Wirklichkeit ist er etwas kleiner als ich und eher schlank. Aber er hat tatsächlich blaue Augen!", fügt sie schnell hinzu.

„Dann hat er dich belogen!", stelle ich fest.

„Eigentlich nicht. Er sagte, er wollte größer wirken, weil er mich sehr attraktiv fand."

Ich verschlucke mich und Kasja klopft mir mit ihrer Riesenpranke sanft auf den Rücken, bis ich aufhöre zu husten.

„Und dann …?" Meine Stimme klingt jetzt wie ein Krächzen.

„Dann haben wir uns geküsst."

„Einfach so?"

„Ja, einfach so. Es war sehr schön! So viele Menschen zusammen! Alle glücklich! Alle haben laut gesungen und gelacht und um 0 Uhr haben wir uns geküsst."

Bilder reihen sich in meinem Kopf aneinander und ich brauche ein weiteres Getränk, um der Geschichte zu folgen. Mit einer Kopfbewegung fordere ich Kasja auf fortzufahren.

„Und dann gingen wir zu ihm."

„Wohnt er etwa in Berlin?"

„Nein. Aber er hat ein Zimmer gemietet. Im Internet kann man jetzt die eigene Wohnung vermieten, wenn man verreist, und so kamen wir in diese Wohnung. Da standen zwar die fremden Sachen, aber …"

„Bist du völlig übergeschnappt? Du kamst in eine völlig fremde Wohnung mit einem völlig fremden Mann?!" Meine Stimme ist nur noch ein Zischen.

„Ja", sagt meine leichtfertige, ahnungslose Freundin.

„Seid ihr wenigstens allein gewesen?", frage ich misstrauisch.

„Nein. Da war noch ein Pärchen im zweiten Zimmer. Aber ich habe sie nicht gesehen, nur gehört." Kasja lacht auf, wobei sie fast wie ein Pferd klingt.

„Sie haben sich die ganze Zeit geliebt", wiehert Kasja noch einmal. Ich kann das nicht mehr aushalten.

„Kasja. Du bist so naiv! Wie kannst du dich in solche Situationen bringen! Er könnte ein Krimineller sein oder ein Zuhälter."

„Ist er aber nicht. Es war alles sehr, sehr schön. Wir hatten auch Sex und es hat alles gestimmt."

Ich kriege plötzlich keine Luft mehr. Meine Kehle fühlt sich an wie zugeschnürt, als ob mich jemand würgte. Was mischen sie denn nur in diese Cocktails? Ich bestelle einen Martini.

„Das war doch dein erstes Mal!", behaupte ich eher, als dass ich frage, und denke dabei an mein erstes Mal, das alles andere als schön war.

„Ja", stimmt Kasja beschwingt zu. „Das habe ich ihm auch gesagt. Er war so zart und liebevoll."

„Ist er wenigstens gut bestückt?", platzt es aus mir heraus, bevor ich es denken kann.

„Er hat so einen …" Mit einer typischen Anglergeste gehen Kasjas große Hände weit auseinander.

„Nein, so …" Sie schaut nachdenklich und die Hände gehen noch ein Stückchen weiter auseinander.

Der Schweiß fließt mir den Rücken hinunter. Die Heizung muss bestimmt kaputt sein in diesem dämlichen Laden. Ich kann nicht mehr warten und erzähle Kasjas Geschichte weiter:

„Und am Morgen bist du dann nach Hause gefahren."

Kasja ist mit mir einverstanden, wie auch sonst?

„Ja, am Morgen haben wir uns am Bahnhof verabschiedet."

„… aber leider hat er dich nicht nach deiner Nummer gefragt."

„Nein, hat er nicht", nickt sie enttäuscht und fügt hinzu: „Aber er hat mir seine gegeben …"

„Und die Nummer war falsch!", ergänze ich triumphierend.

„Und die Nummer war falsch", hallt mir Kasja nach. Seit dem Kindergarten hat Kasja nur eins gelernt: mein Echo zu sein.

„Das habe ich mir doch gedacht!" Sage ich laut und verschränke die Hände vor der Brust: „Du bist dumm, Kasja! Er hat dich benutzt! Es hätte noch viel schlimmer enden können!"

Jetzt, da sich alle meine Sorgen um meine unbedarfte Freundin bestätigt haben, rede ich ununterbrochen. Ich rede und rede und kann mich gar nicht bremsen. Als ich fertig bin, sagt Kasja ruhig: „Aber es ist noch nicht zu Ende. Er merkte schnell, dass er sich beim Diktieren vertan hat und schrieb mir eine E-Mail mit der richtigen Nummer."

Kasja lacht verlegen und zum ersten Mal sagt sie etwas völlig Unerwartetes:

„Er kommt morgen. Er will mich sehen."

Etwas platzt in meinem Kopf wie eine Wasserbombe auf dem Pausenhof und dicke Tränen strömen über mein perfektes Make-up. Kasja streichelt meinen Kopf und sagt mit weicher, leiser Stimme, mit der sie auch meine Jungs immer beruhigt.

„Ist schon gut, Agnieszka. Du musst nicht weinen. Alles ist gut."

Trotzdem muss ich weinen, ganz laut sogar. Ich verstehe das selber nicht. Es stimmt doch alles in meinem Leben! Ich habe einen Mann, den ich ausgesucht habe, ein großes Haus und drei Kinder. Alles, was ich mir gewünscht habe! Warum weine ich denn jetzt an der Schulter von meiner dummen, dicken, hässlichen besten Freundin?

Fahr tick et

Fahrticket

Endlich da. Unglaublich! Ich bin in Deutschland! Die Strapazen meiner Reise, dreißig Stunden mit dem Bus, Warterei an der Grenze, Kofferdurchsuchung durch Polizisten, waren auf einmal verflogen. Alles schien so sauber und hell zu sein in diesem Land! Aber es kam mir vielleicht nur so vor, weil ich mich wie das Aschenputtel fühlte, dass es endlich auf den Ball geschafft hatte. (Ich habe keine Ahnung, ob es eine männliche Variante von diesem Märchen gibt.) Ich bin über die Grenzen meines Landes gekommen. Ich wurde von Anfang an, als vom Stipendium die Rede war, von allen Dozenten unserer Akademie, von meinen Freunden und sogar von mir selbst beneidet. Meine Eltern trauten sich nicht, in Freude auszubrechen. Das Leben unter der Kommunistischen Partei hatte sie gelehrt, sich nicht zu schnell zu freuen. Seit dem Zusammenbruch der Sowjetunion waren drei Jahre vergangen und mein Land befreite sich langsam von dem Schatten „des großen Bruders". In Europa fanden gewaltige Umwälzungen statt und ein wiedervereintes Deutschland blühte auf – oder riss, raffte sich zusammen, wie man es eben sieht.

Ich plante, zwei Tage in München in einem Hostel zu bleiben und dann nach Nürnberg, zu meiner neuen Arbeitsstelle an der Kunstakademie zu fahren. Ich packte meinen Koffer aus und bereitete mich auf den Ausflug vor. Ich wollte noch unbedingt heute in die Altstadt fahren. Ich zog meine beste Hose an und einen dicken Pullover. Dann holte ich den Mantel, den mir mein Onkel Wasil geschenkt hatte. Mein Onkel galt als Experte für den Westen in unserer Familie. In den Achtzigerjahren war er zweimal in Dresden gewesen. Vor der „Wende", aber immerhin: fast im Westen. Wasil hatte mich mit vielen Geschichten auf die Reise vorbereitet und mir sogar diesen Mantel geschenkt, den er damals gekauft hatte.

Ich wollte mich noch schnell rasieren, mein Dreitagebart sah bei mir viel länger als drei Millimeter aus, fand aber meine Rasierklinge nicht, so zog ich den „westlichen" Mantel meines Onkels Wasil an und ging los. Ich wollte die schöne, alte Stadt anschauen, vielleicht sogar einige Skizzen anfertigen. Ich hatte das oft in Sofia gemacht. An der Haltestelle las ich den Busfahrplan. In zehn Minuten sollte der Bus kommen und mich ins Zentrum bringen. Wunderbar!

Ich schaute mich um, auf der Suche nach einer Kasse, an der ich einen Fahrschein kaufen könnte. Außer mir standen noch fünf Menschen an der Haltestelle: ein älteres Ehepaar, ein junges Mädchen und zwei Schüler mit großen, bunten Rucksäcken. Ich schritt entschlossen dem älteren Paar entgegen, bestimmt wussten sie zu Busfahrscheinen Bescheid. Vor der Reise hatte ich einen halbjährigen Sprachkurs abgeschlossen und war mir ziemlich sicher, dass für die Frage nach dem Fahrschein mein Deutsch ausreichen würde.

„Entschuldigung", fragte ich die ältere Dame, „wo kann ich ein Ticket kaufen?"

Sie zeigte mit der Hand auf den großen Kasten, der hinter mir an zwei metallischen Röhren befestigt war. Sie machte eine Bewegung und sagte etwas, in dem ich das Wort „Ticketautomat" heraushörte.

„Vielen Dank", sagte ich und lächelte die Frau an. Sie erwiderte mein Lächeln nicht, sondern drehte sich zu ihrem Begleiter um und fing an, irgendetwas energisch zu erzählen. Ich näherte mich dem Automaten und las alles, was auf dem Bildschirm stand. Lesen klappte bei mir wunderbar. Leider wusste ich nicht, wie man so einen Monsterapparat bedient. Plötzlich tauchte ein junger Mann meines Alters auf und machte sich eilig an dem Automaten zu schaffen. Ich wich ein Stück zur Seite und guckte zu, was er da tat. Das war ganz simpel. Als der Mann sich entfernte, drückte ich auf die Taste, warf das Geld rein und fischte mein Fahrticket heraus. Ich war stolz auf mich. Ich hatte es geschafft. Cool! Ich war schon in Deutschland verliebt, wie unglaublich praktisch hier alles organisiert war, alles durchdacht. Man brauchte keine Ticketkasse, keinen Billetteur im Bus, sondern nur einen Automaten.

Parallel zu meinen Gedanken und pünktlich nach Plan kam mein Bus. Die Seite neigte sich zu den Passagieren. Wir stiegen ein. Ich blieb am Fenster stehen und betrachtete neugierig die Stadt. Ich war in Deutschland! Die Sonne schien und streichelte mein Gesicht. Ich war glücklich. Eine Stimme hinter mir fragte etwas. Ich drehte mich um und sah einen Mann, der etwas von mir wollte.

„Ihr Fahrticket, bitte", fragte der Mann höflich. Ticket. Das habe ich verstanden, natürlich, das war ein Kontrolleur. Natürlich hatte ich ein Ticket. Mit einem stolzen Gefühl holte ich mein Ticket aus der tiefen Tasche meines Mantels heraus und gab es dem Kontrolleur. Er schaute mich freundlich an und nahm mein Ticket entgegen. Und dann geschah etwas, was ich nicht genau beschreiben kann, aber etwas änderte sich schlagartig. Vielleicht kam eine dicke Wolke, verdeckte die Sonne und warf einen kalten Schatten auf den Bus. Das Gesicht des Kontrolleurs verdunkelte sich plötzlich und er schaute mich ernst an. Dann sagte er etwas, das ich überhaupt nicht verstand.

„Ihr Ticket ist nicht entwertet."

Das Wort „entwertet" war mir unbekannt.

„Ticket, Ihr, ist" das habe ich verstanden, aber das Schlüsselwort „entwertet, Vergangenheit von entwerten" war mir völlig neu. Leider war es in meinem Sechs-Monats-Kurs nicht vorgekommen.

„Entschuldigung", sagte ich, immer noch lächelnd. „Erster Tag in Deutschland. Ich habe gekauft Ticket. Bus fahren."

„Ihr Ticket ist ungültig, Sie haben es nicht entwertet."

Ich konnte mit diesem Wort nichts anfangen. Verlegen stand ich da und wartete, bis mir jemand half. Das ältere Paar von der Haltestelle saß direkt vor mir, und die Dame verfolgte mit großem Interesse unser Gespräch. Das Mädchen war in ihr Buch vertieft und schenkte mir keine Aufmerksamkeit. Die Schüler saßen ganz hinten.

„I've asked Miss. Ticket kaufen." Wegen der Aufregung vermischten sich meine zwei Fremdsprachen miteinander. Ich zeigte auf die ältere Dame, ich dachte, dass sie dem Kontrolleur sicherlich dieses Missverständnis erklären konnte, aber sie schaute weiterhin sehr interessiert und machte keine Umstände, mir zu helfen. Der Kontrolleur holte einen Block heraus und sagte offiziell.

„Ihren Pass bitte." Ich war dermaßen erstaunt, dass keiner bereit war, mir zu helfen, dass ich nicht sofort merkte, wie meine Hand vergeblich nach der Brusttasche suchte. Ich hatte nämlich keine. Meine Jacke, die ich immer trug, mit dem Pass in der Brusttasche, lag im Hostel und ich stand in dem westlichen Mantel meines Onkels mitten in Deutschland mit dem eben gekauften Ticket und ohne Pass.

„Mein Pass in Hostel", sagte ich dem Kontrolleur.

Das Gesicht des Kontrolleurs erstarrte zu einer Dienstmaske. Er befahl zwei weiteren Kontrolleuren, die im Bus tätig waren, mich zu überwachen und ging schnurstracks zum Busfahrer. Der Bus blieb stehen und alle warteten. Die Kontrolleure warteten auf die

Verstärkung, die Passagiere auf die Weiterfahrt, der Busfahrer auf das Ende seiner Schicht. Ich wartete auf eine Erlösung.

Wahrscheinlich kommt jetzt eine kompetente Person, die das Missverständnis mit dem bezahlten Ticket auflöst und mir die Bedeutung des rätselhaften Wortes „entwerten" erklärt, dachte ich. Solange wir alle warteten, versuchte ich selbst, dieses Rätsel zu lösen. Wir hatten gelernt, wie die Verben aufgebaut sind. Ich nahm dieses Wort auseinander. Also „werten" konnte etwas mit dem Substantiv „Wert" zu tun haben. Ich wusste, was dieses Wort bedeutet. Wert kann eine Würde, Respekt, Beachtung sein. Also das Verb „werten" konnte ich als „verehrt, wertvoll, geschätzt" übersetzen. Präfix „ent" bedeutet, wie wir im Deutschkurs gelernt hatten, etwas wegzunehmen. Also wenn ich alles zusammenreimte ergab sich, dass „etwas entwerten" bedeutet, jemandem seine Bedeutung, seinen Wert wegzunehmen.

Und plötzlich sah ich, wie ein Polizeiauto mit Blaulicht neben unserem Bus hielt. Zwei junge, kräftige Männer mit Handschellen und Pistolen eilten zu uns. Schneller, als ich es in jeglichen Zusammenhang bringen konnte, stiegen sie in den Bus ein und packten mich an beiden Seiten. Ich war dermaßen schockiert, dass ich mich völlig benebelt fühlte. Die Polizisten zogen mich aus dem Bus heraus, die Kontrolleure folgten uns. Der Bus, von meiner Anwesenheit gesäubert, konnte seinen Weg fortsetzen. Das Letzte, was ich sah, war der neugierige Blick der älteren Dame. Ich war sprachlos.

Es dauerte nicht lange, bis die Polizeibeamten meine Personalien aufschrieben und, nach einem kurzen Telefonat mit dem Hostel, meine Identität bestätigten. Ich bekam vom Kontrolleur einen Strafzettel und von den Polizisten einen Tipp: Immer den Personalausweis bei sich zu haben. Ich konnte nicht sprechen, gar nicht mehr, ich konnte mich nicht bewegen. Ich stand erstarrt, mit dem Strafzettel in der ausgestreckten Hand. Weder der Kontrolleur, noch der Polizeibeamte hatten mir erklärt, was ich eigentlich mit dem Ticket falsch gemacht haben soll.

Aber das schreckliche Wort „entwerten" hatte ich jetzt verstanden. Man hatte mich entwertet. Man hatte mir meinen eigenen Wert weggenommen. Ich war herabgesetzt, erniedrigt und verachtet. Ich, der beste Absolvent unserer staatlichen Kunstakademie, ich, der jüngste Dozent meiner Fakultät! Wenn ich meine Vorlesungen hielt, leuchteten die Augen der angehenden Kunstlehrerinnen wie Diamanten. Ich, der Glückliche, der das Stipendium für die Bundesrepublik Deutschland bekommen hatte, als bedeutender Nachwuchskünstler! Ich war soeben entwertet worden.

Plötzlich spürte ich etwas Schweres in meiner Hand. Ich schaute auf. Ich stand immer noch mitten auf der Straße, auf der mich die Polizeibeamten verlassen hatten, die Hand ausgestreckt, mit dem berüchtigten Strafzettel, auf dem jetzt eine Münze lag. Eine runde, metallische Scheibe. Das Geld hatte mir ein kleines Mädchen mit dünnen, hellen Zöpfen und einem freundlichen Lachen auf das dicke Blatt Strafzettelpapier gelegt.

Ich starrte die Münze und dann das Mädchen und seiner Mutter an und konnte nicht begreifen, was das bedeutete. Sie schauten mich sehr mitleidig an, so dass mir schließlich klar wurde, dass ich ein „Bettlerhonorar" bekommen hatte. Komischerweise produzierte diese weitere „Entwertung" einen Umkehrschluss in mir. Minus mal Minus ergibt ein Plus. Ich winkte freundlich dem Mädchen und seiner Mutter zu und fragte:

„May I paint you?"

Dann holte ich meinen Skizzenblock und Bleistifte aus dem

Rucksack und machte ein schnelles Portrait. Ich war schon immer gut im Porträtieren. Immerhin hatte ich seit meinem achten Lebensjahr eine Kunstschule für begabte Kinder besucht, danach ein Kunstkolleg und später absolvierte ich die renommierteste Akademie der Künste – und allen, die sie besucht hatten, war klar, dass es die beste zwischen Helmstedt und Wladiwostok war. Ich hatte doch den Wettbewerb gewonnen, der mir das Stipendium in Deutschland gewährte! Während ich zeichnete, sammelten sich Interessenten um uns herum und betrachteten meine Arbeit mit Bewunderung. Ich überreichte dem Mädchen mein Werk und sah die Verblüffung im Gesicht der Mutter. Sie holte ihr Portemonnaie heraus und reichte mir einen Schein.

„Thank you."

Ich zeichnete weiter und verdiente genug Geld, um meine Strafe zu bezahlen. Als ich meinen Zeichenblock in den Rucksack packte, kam eine junge Frau, in Jeans und kurzer Jacke auf mich zu und fragte direkt:

„Woher kommst du?"

„Aus Bulgarien, und du?", sagte ich.

„Auch aus dem Osten. Aus der DDR. Komm. Wir trinken was."

Wir gingen ins Café und bestellten uns ein Bier. Mit meiner Begleiterin konnte ich mich sehr gut auf Deutsch unterhalten und sie erklärte mir mit einfachen Wörtern endlich, was mit mir geschehen war.

„Wenn du in den Bus oder Bahn einsteigst, musst du das Ticket abstempeln."

„Stempeln?"

„Im Bus neben der Tür hängt ein großer roter Kasten. Gesehen?"

Ich nickte.

Ich hatte im Bus neben dem Kasten gestanden.

„Du tust dein Ticket rein. Der Automat macht einen Stempel und entwertet dein Ticket."

„Entwerten bedeutet stempeln?"

Ich konnte es immer noch nicht fassen. So einfach war das. Warum hatte mir das denn keiner gezeigt? Mindestens sechs Menschen hatten gesehen, dass ich das Ticket gekauft hatte!

„Das ist dein Problem", erklärte mir meine neue DDR-Bekannte. „Hier ist es anders als im Osten. Hier ist jeder für sich. Aber du wirst das schon lernen."

„Entwerten ist falsch", sagte ich nachdenklich. „Entwerten bedeutet: Wert nehmen. Es muss aufwerten heißen. Mehr Wert haben mit einem Stempel."

Meine Begleiterin lachte und schaute mich neugierig an.

„Wie lange bist du in Deutschland, Professor?"

„Ich kam heute mit dem Bus."

„Du kommst aber weit!", versprach sie mir und sagte dann etwas leise. „Hör mal, sei mir nicht böse, aber schmeiß deinen Mantel weg und kauf dir etwas Neues. Eine Jacke zum Beispiel."

„Mein Onkel hat diesen Mantel in Dresden gekauft", sagte ich ihr bedeutungsvoll.

„Deswegen habe ich dich erkannt!", lachte sie. „Mein Vater hatte den gleichen, als ich klein war."

Sie nickte energisch mit dem Kopf und wir fingen beide an zu lachen.

Später ging ich zu Fuß zum Hostel. Zwar waren es etliche Haltestellen. Und ich wusste jetzt, wie man richtig mit dem Fahrticket umgeht, aber brachte es nicht übers Herz, an dem Tag noch mal in den Bus zu steigen. Das Wort „entwerten" spürte ich immer noch, wie ein Brandmal auf meinem Gesicht.

Die Ueberraſchung

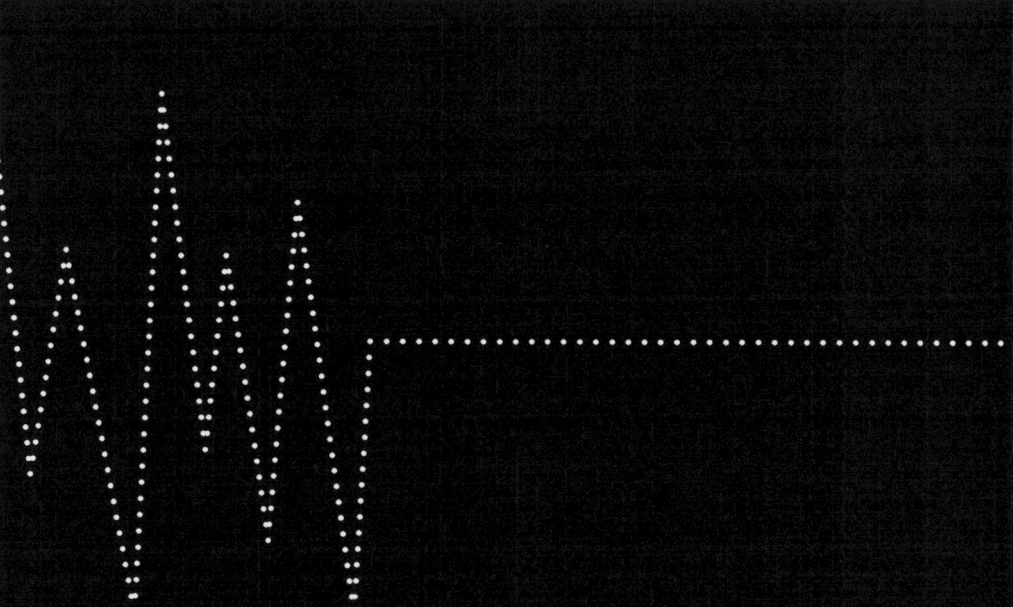

Die Überraschung

Ich starb um 11:00 Uhr vormittags. Davor, wie immer, hatte mich Dascha gründlich gewaschen und angelacht. Das tut sie immer, wenn sie mich wäscht. Ich weiß nicht, ob sie alle alten Säcke und vertrockneten Schachteln hier anlächelt, aber ich habe es immer persönlich genommen. Ich wiege jetzt nicht mehr so viel wie früher, als ich eine schöne vollbusige Frau war, dennoch bringen meine alten Knochen noch einiges an Gewicht. Daschas Muskeln spannen sich an, wenn sie mein Bein zum Abtrocknen hochhebt.

Dascha ist 19 Jahre alt und eher hässlich als schön. Die Jugend macht sie sympathisch, aber sie wird bald welken. Sie kommt aus Jugoslawien oder wie sie da alle jetzt heißen: Kroatien, Ungarn, Bulgarien, ich weiß es nicht mehr. Aus dem Ostblock eben. Dascha wollte in Deutschland studieren, aber das klappte irgendwie nicht und sie landete bei uns im Altenheim. Die einzige Arbeit für unqualifizierte Fachkräfte gibt es bei alten und hilfsbedürftigen Menschen, die sowieso schon von allen verlassen sind. Da ist es kein Wunder, dass alle Sorten von Versagern an uns ihre Lust zur Demütigung ausspielen. Dascha ist eine seltene Ausnahme in dieser tristen Welt. Sie machte zunächst ihr Praktikum hier und jetzt ihre Ausbildung. Zurück in die Heimat kann sie nicht, weil es da eben kein Zuhause mehr gibt, also bleibt sie dann für den Rest ihres Lebens hier im Altenheim, bis sie selbst, abgenutzt und ausgebeutet, in einem landet.

Dascha weint. Ich bin ihr erster Todesfall. Bis jetzt passierten solche Unfälle nicht in ihrer Schicht. Sie hat Angst vor meinem toten Körper. Los, Dascha! Ich habe es extra gemacht, damit mein Körper von deinen zarten Händen das letzte Mal gewaschen wird. Dascha holt Hilfe, den dicken stinkenden Uwe. Der ist aber nicht nur ein Versager, sondern auch ein Sadist. Wenn er meine Bettwäsche auswechseln muss, versucht er, mit dem Bettgitter mein Bein besonders hart zu treffen oder beim Umziehen meinen Arm extra lange nach hinten zu verrenken, als ob das ein Versehen wäre.

Zusammen waschen sie mich, obwohl Dascha mich kurz davor gewaschen hat. Das ist die Pflicht. Dascha weint beim Waschen und ihre schönen, zarten Hände zittern jedes Mal, wenn sie mich berührt. Na komm schon, Dascha! Sei doch nicht so zimperlich. Du musst mal schon noch etwas härter werden. Uwe dreht mich ruckartig, wie einen Sack, auf den Bauch. Dascha schluchzt.

„Was jammerst du, du dumme Pute? Sie ist jetzt wie ein Stück Holz." Dascha wischt mit dem Lappen über meinen Rücken.

„Ich habe Frau Bäcker sehr geliebt."

„Geliebt", schnaubt Uwe: „Hier kannst du niemandem lieben. Dieser alte Schrott ist hier abgeladen worden von ihren Ludern, zum Verrotten." Daschas Hand an meinem Rücken wird noch weicher und zärtlicher. Sie antwortet nicht, wimmert nur vor sich hin.

„Hey, Dascha. Hör doch endlich mit deinem Geheul auf! Ich habe dich schon ein dutzend Mal gewarnt. Wenn ich bei jedem weinen würde, wäre ich schon selber tot."

„Du verstehst es nicht!", erwidert ihm Dascha energisch: „Ich habe sie geliebt. Sie war mir wie meine Oma oder Tante."

„Ach, Blödsinn". Uwe kippt mich wieder auf den Rücken, dabei klappt mein Kopf komisch nach hinten, wie bei einer Porzellanpuppe. Dascha schreit auf und dreht meinen Kopf in die richtige Position. Sie heult jetzt lauthals, Uwe spuckt auf den Boden, dreht sich um und knallt die Tür hinter sich zu. Jetzt sind wir wieder alleine, so wie ich es mir auch gewünscht habe. Ich habe nicht umsonst den Atem angehalten, bis ich starb. Ich wollte unbedingt das letzte Mal von Dascha gewaschen werden.

„Frau Bäcker, Frau Bäcker", sagt Dascha laut. Sie hat jetzt Angst, allein mit mir zu sein und redet laut. „Warum ausgerechnet heute? Heute war so ein schöner Tag. Ich treffe mich heute nach der Schicht mit einem netten Jungen, ich habe Ihnen von dem erzählt. Ich habe ihn in der U-Bahn-Station kennengelernt."

Ich kann mich erinnern. Dascha hat eine magische Anziehungskraft, die alle Schurken dieser Welt sich auf sie stürzen zu lassen. Der aus der U-Bahn schien mir aber mal ein richtiger Gauner zu sein.

„… und er wollte mich heute zu sich nach Hause einladen und seinen Eltern vorstellen."

Eltern vorstellen, bumsen wollte er dich, weiter nichts. Dascha, Dascha … Man darf nicht so naiv sein. Du musst dich schon ein bisschen umschauen. Die Welt ist nicht so schön und rosa. Das habe ich dir doch so oft gesagt.

„Ich weiß, Frau Bäcker. Sie haben mich immer gewarnt", sagt Dascha laut. „Sie waren wie meine Familie hier."

Dascha weint und zieht mir dabei die vorbereiteten Sachen an. Diese Sachen habe ich mir selbst fürs Begräbnis ausgesucht.

Nein, Dascha. Wenn du mein Kind wärst, würdest du ganz anders sein. Du hast mir erzählt, dass deine Mutter früh starb und du bei deiner Tante aufgewachsen bist, die dich sehr geliebt hat. Aber Liebe ist noch nicht alles in dieser Welt. Liebe ist eine nette Zugabe zum Kapital und zur Gesundheit. Die Kräfte verlassen Menschen recht schnell, Geld kann auch schwinden. Du, Dascha, hast zarte Hände und ein zartes Herz und ich habe immer gemocht, wie du mich berührt hast. Das ganze letzte Jahr in diesem schrecklichen Gefängnis habe ich dein zartes Herz gespürt. Ich werde mich für deine Liebe bedanken.

Dascha hat unterdessen ihre Prozedur beendet. Ich liege jetzt schön angezogen mit gefalteten Händen rücklings auf dem Bett.

Nur mein Mund bleibt starr geöffnet. Dascha holt das weiße Tuch und wickelt es um meinen Kopf, damit die Kinnlade geschlossen bleibt. Das sieht nicht schön aus, soll aber laut Vorschrift genau so gemacht werden. Dascha schluchzt noch ein Mal. Mit diesem Tuch um mein Gesicht sehe ich jetzt richtig tot aus. Sie küsst mir sanft auf die Stirn.

„Wiedersehen, Frau Bäcker. Lassen Sie es sich gut gehen, da wo Sie jetzt sind. Ich freue mich, dass Sie nicht mehr leiden müssen."

Die Tür öffnet sich schlagartig und Uwe platzt herein.

„Immer noch nicht fertig? Die Verwandten sind schon da."

Dascha geht paar Schritte zur Seite. Ins Zimmer kommt meine Familie. Susanne, meine Tochter, mit ihrem Mann Wolfgang, Johannes, mein Sohn, ohne seine fette Frau, und Berta. Berta!? Das glaube ich nicht! Du meine Güte. Sie hat mich doch überlebt! Wenn ich gewusst hätte, dass sie noch lebt, hätte ich noch abwarten können. Berta, du alte Kröte. Wir sind doch gemeinsam zur Schule gegangen und du bist noch an mein Sterbebett gekrochen. Was für eine Überraschung! Und ich dachte, die einzige Überraschung wird die meine sein.

Susanne eilt an mein Bett, als erste. Gutes Mädchen. Sie war immer gehorsam, scheu und dumm. Sie hat mich manchmal besucht, hier, im Altenknast. Susanne weint und hat Angst, meine kalten Hände zu berühren. Dann kommt Wolfgang. Er drückt meine Hand und murmelt etwas wie: „Danke, Hilda". Ja, bitteschön, Wolfgang. Wir haben uns immer gut verstanden. Ich habe deine Affären von meiner Tochter ferngehalten und du hast sie nicht verlassen. Ich habe dir immer gesagt, dass du sie im Alter sehr schätzen wirst.

Dann kommt Johannes, kniet vor meinem Bett und legt sein Kopf auf mein Laken. Du alter Hund. Du bist erst 52 und schon ganz weiß. Obwohl, bei dem Leben, das du geführt hast, ist es kein Wunder. Berta torkelt auch zu mir. Jetzt wird sie die Zunge rausstrecken und schreien: „Ich habe gewonnen." Nein, Berta. Ich habe gewonnen. Ich war immer die Erste. Beim Sport, bei der Heirat, sogar jetzt. Ich starb als die Erste von uns beiden.

Um Punkt 13:00 Uhr öffnet sich die Tür und meine Überraschung kommt herein. Der Rechtsanwalt unserer Familie, Herr Kraft. Natürlich hat er meine Kinder vorher angerufen, sonst hätten sie nicht so schnell zu mir gefunden.

Dascha und Uwe gehen Richtung Tür.

„Frau Daria Stefania Nowak? Frau Bäcker hat Sie auch Dascha genannt."

„Ja", piepst Dascha erschrocken. „Das ist mein Kosename."

„Bleiben Sie bitte hier."

Dascha bleibt wie angewurzelt mitten im Raum stehen. Uwe steht dicht neben ihr.

„Sie können aber gehen", sagt ihm Herr Kraft. Beim Blick auf den stattlich wirkenden Mann im guten Anzug und seiner mächtigen, sonoren Anwaltsstimme schrumpft Uwe, dreht sich unwillig und geht mit langsamen Schritten aus dem Zimmer. Er macht die Tür hinter sich zu und lässt dabei einen Spalt offen, damit er gut lauschen kann.

„Liebe Freunde und Angehörige von Frau Bäcker", Herr Kraft schaut endlich auf mich, dann wieder auf alle Versammelten und wieder zu mir. Ich würde ihm jetzt gerne zuzwinkern, wie ich das vor 30 Jahren gemacht habe, aber das klappt jetzt leider nicht mehr.

„Mein herzliches Beileid", sagt Herr Kraft und seine Stimme zittert ein wenig. Was für Weicheier die alle doch sind. Wir haben das doch mehrmals geübt. Er späht noch mal kurz zu mir. Ja, fahr doch endlich fort. Alles richtig. Ich bin tot. Habe dir doch gesagt, dass ich an diesem Tag um 13:00 Uhr tot sein werde. Ich halte immer meine Versprechen. Und du, Thomas, mach schon dein Ding!

Herr Kraft räuspert sich und sagt: „Wir haben uns hier versammelt, um uns von Frau Bäcker zu verabschieden. Die Verstorbene hat sich ausdrücklich gewünscht, dass ihr Testament unverzüglich an ihrem Sterbebett verlesen wird."

Und das tut er dann:

„Ich ordne für meinen Nachlass die Testamentsvollstreckung an. Testamentsvollstrecker soll Herr Rechtsanwalt Thomas Kraft sein. Die Teilung soll nach meinen Anordnungen erfolgen.

Ich bestimme, dass Daria Stefanie Nowak meine alleinige Vorerbin sein soll. Nach ihr setze ich ihre Nachkommen als Nacherben ein. Sie bekommt das Grundstück und Haus (nähere Bezeichnungen) in (Ort), indem momentan mein Sohn Johannes Theodor Bäcker wohnt. Mein Sohn Johannes Theodor Bäcker soll sich um die Ausbildung und anschließende Integration auf dem Arbeitsmarkt von Frau Daria Stefanie Nowak kümmern. Mein Auto (nähere Bezeichnungen) und das Grundstück (nähere Angaben) wird an meine Tochter Susannen Wesel (geb. Bäcker) übergehen, wenn Frau Daria Stefanie Nowak ein über Jahre sicheres Einkommen zugesprochen wird. Meine Tochter, Susanne Wesel (geb. Bäcker) soll die Pflege meines Grabes übernehmen. Meinen Sohn Johannes Theodor Bäcker geboren am (Datum) und auch dessen Abkömmlinge enterbe ich hiermit, wenn er nicht mit den im Testament vorgeschriebenen Pflichten einverstanden ist. Die Wertanteile müssen untereinander nicht verrechnet werden. Ist eine der in diesem Testament enthaltenen Anordnungen unwirksam, so bleiben alle übrigen Verfügungen wirksam."

Danach folgt erstmal Stille. Alle sind verblüfft. Was für eine tolle Überraschung. Ich bin sehr zufrieden mit den Gesichtsausdrücken. Susanne reißt ihre Augen so weit auf, dass sie herauszufallen drohen. Johannes steht und seine Kinnlade hängt unten, ganz so wie es bei mir heute Morgen war, bevor mir das Sterbetuch umgewickelt wurde.

Dascha, also Daria Stefanie Nowak, meine einzige Erbin, scheint nichts verstanden zu haben. Sie setzt sich auf den Stuhl und vergräbt ihr Gesicht in ihren Händen. Nur Wolfgang ist nicht bereit, alles zu akzeptieren.

„Ich bitte um Entschuldigung, aber ist das wirklich wirksam, was sie da vorgelesen haben?", fragt er besorgt. Herr Kraft nickt.

„Warum soll ich mich um eine völlig Fremde kümmern? Vielleicht hat sie meine Mutter hier gequält, damit sie das schreibt?", schreit Johannes auf wie ein verwundetes Tier.

„Ich denke, Frau Bäcker wollte zum Ausdruck bringen, dass Frau Nowak sich sehr gut um sie gekümmert hat und wollte ihre Aufmerksamkeit im Testament festhalten?"

„Aber, aber … warum ich?" Johannes springt im Zimmer herum. „Warum soll ich jetzt alles ausbaden?"

„Jo", meldet sich Susanne zu Wort, „wie oft hast du Mama in den letzten Jahren hier besucht? Sie war manchmal traurig."

Manchmal! Was versteht ihr schon. Manchmal traurig. Ich war todtraurig. Ich wollte nichts, nur fort. Ich wollte euch besuchen, beim Kaffeeklatsch dabeisitzen und in unserem schönen Garten die letzten Sonnenstrahlen genießen. Aber ihr wolltet mich nicht. Klar, ich war krank. Klar, ihr musstet euch ständig um meine Einlagen kümmern. Klar hatte unser Haus zu viele Treppen, selbst zum Garten. Aber ich hätte es mir so sehr gewünscht, bei euch zu sein …

Unterdessen hat sich die Stimmung so sehr aufgeheizt, dass jetzt alle gleichzeitig schreien. Johannes ist außer sich vor Wut, aber bald wird er abkühlen und das machen, was ich vorgeschrieben habe, dafür kenne ich ihn zu gut. Johannes, rot vor Aufregung, setzt sich auf den Stuhl und plötzlich meldet sich Wolfgang.

„Herr Kraft, woher sollen wir wissen, dass Frau Nowak keines-

falls die Entscheidung meiner Schwiegermutter beeinflusst hat?
Wo sind die Beweise?"

Ok, ok. Das war auch klar. Ich kenne euch so gut, meine Lieben. Wir haben alles vorbereitet.

Herr Kraft öffnet ein weiteres Schreiben.

„Auf einen ausdrücklichen Wunsch von Frau Bäcker, wurde in ihrem Zimmer eine digitale Überwachungskamera installiert. Die Übertragung fand 24 Stunden statt. Die Videoaufnahmen befinden sich auf dem Server mit der Internetadresse „http://www.frau-baeker.de"

In dem Zimmer herrscht Stille. Selbst Wolfgang kapiert, dass ich an alles gedacht habe. Es führt kein Weg vorbei. Ihr müsst euch um Dascha kümmern, um eine Frau, die mir die letzten Tage versüßt hat. In dieser Stille wird auf einmal hörbar, dass einer leise wimmert. In der Aufregung haben alle Dascha vergessen. Sie sitzt zusammengekauert auf dem Stuhl und wimmert vor sich hin.

„Warum weinen Sie?", fragt sie Berta. „Sie sind jetzt aller guten Dinge. Hilde hat sich um Sie gekümmert. Sie bekommen jetzt Geld und können studieren und machen, was Sie wollen".

„Frau Bäcker", sagt Dascha „war eine so gute Frau."

„Ja …, ja", nicken meine nächsten Verwandten und werfen einige schuldig-unschuldige Blicke auf mein totes Gesicht.

„Sie hat alle ihre Kinder so geliebt", schluchzt Dascha und putzt sich die Nase. „Sie war hier ganz alleine und hat mir viel erzählt."

„Ja, so ist das Leben", sagt Berta kopfschüttelnd, als ob sie das verstünde. Sie hatte doch nie eine Familie, die alte Steinkröte.

„Frau Bäcker litt hier sehr im Altenheim", fuhr Dascha fort, „hier leiden viele Menschen. Sie wollen hier nicht leben. Das ist zu schwer für sie. Ich helfe ihnen."

Dascha verdeckt ihr Gesicht mit den Händen und weint.

„Das ist gut, Daria, dass Sie so barmherzig sind", sagt Susanne.

„Inwiefern helfen Sie diesen Menschen", fragt Wolfgang ernsthaft.

„Wolli, sie redet mit ihnen, gibt ihnen Trost ..."

„... verabreicht Medikamente ...", setzt Berta fort.

„Ja, ja, Medikamente", sagt Wolfgang und sieht einem Jagdhund ähnlich, der einen Geruch gewittert hat, „was für welche?"

Das ganze Zimmer schaut jetzt auf Dascha. Sie nimmt ihre Hände vom Gesicht. Ihre Augen sind rot vom Weinen, die Nase ist furchtbar dick und fleckig. Aber ihr Blick ist alles andere als schüchtern.

„Ja", sagt sie und steht auf. „Ja, ich gebe Medikamente. Und ich helfe Menschen, weniger zu leiden. Sie spüren nichts, das tut nicht weh. Sie gehen einfach schneller von diesem Haus weg."

„Was?"

„Wie bitte?"

„Das gibt es doch nicht!"

„Meine Güte ..."

Hilfe! Hilfe! Dascha hat mich getötet! Die sanfte Dascha mit den zarten Händen hat mich kaltblütig ermordet! Hilfe! Ich will wieder leben! Ich würde ihr meine Hände ins Gesicht krallen und diese listigen, lügnerischen Augen ausreißen. Was für eine Helferin! Ich wollte selbst sterben, ohne ihre Hilfe! Ich habe alles selbst in meinem Leben gemacht und ich habe selbst den heutigen Tag zum Sterben ausgesucht. Du hast mir die ganze Schau verdorben, du Mörderin!

„Du, Mörderin", zischt Johannes und stürzt sich auf Dascha. So ist es richtig, mein Sohn. Zeig dieser ungarischen Hure, was Recht ist.

„Stopp, stopp!" Herr Kraft bewahrt professionell die Haltung. Wolfgang umklammert Johannes mit Anstrengung von hinten und hält ihn fest. „Wir fahren jetzt gemeinsam zum Polizeirevier und lassen die Aussagen von Frau Nowak schriftlich festhalten."

Aber da nähern sich vom Flur her schwere Schritte und zwei Polizisten kommen in mein Zimmer herein. Hinter ihnen lugt aus der Tür eine neugierige Nase. Na, klar, Uwe. Der hat doch gelauscht und schnell die Polizei geholt. Sie dachten bestimmt an Terroristen, so schnell wie sie hier aufgetaucht sind. Ich habe jetzt so viele Besucher in meinem Zimmer, wie ich sie in den fünf Jahren im Heim nicht hatte. Was für ein letzter Tag!

Herr Kraft schildert schnell die Situation, die Polizisten bitten Dascha, ihnen zu folgen. Dascha dreht sich in meine Richtung um und sagt: „Alles Gute, Frau Bäcker, und danke für alles."

Herr Kraft verabschiedet sich von meinen Erben mit den Worten: „Wir werden nach heutigen Erkenntnissen die Sache neu angehen müssen."

Meine Kinder und Berta bleiben im Zimmer. Wolfgang zieht Susanne am Ärmel.

„Komm schon. Bald fängt die Live-Übertragung an. Ich will dieses Spiel nicht verpassen."

Sie drehen sich um und gehen, ohne noch einmal nach mir zu schauen. Johannes kommt zu meinem Bett, schaut auf meine Hände, quetscht etwas, wie „Ma" heraus und verschwindet.

Berta bleibt allein zurück. Sie setzt sich neben mir auf den Stuhl und schaut auf meine Füße. Mein Gesicht ist ihr zu unheimlich. Ja, so ist es, Berta. Ich starb alleine oder mit Hilfe von Dascha und niemand hat um mich geweint, nur die, die mich umgebracht hat. Ich wollte allen eine Überraschung bereiten und habe selbst eine bekommen.

„Nein, Hilde", sagt Berta laut, „die Überraschung ist dir gelungen. Ich habe mich seit Jahren nicht mehr so toll amüsiert."

das boot

Das Boot

Heiß, heiß. Es ist heiß. Ich habe Durst. Schrecklichen Durst. Alles, was ich habe, alles, was ich bin, ist nur noch ein Schrei nach Wasser. Ein Schrei? Nein, eine heisere Bitte. Neben mir stirbt eine Frau. Sie hat gerade entbunden, doch ihr Kind schreit nicht mehr. Sie verblutet langsam. Keiner hilft ihr, keiner hilft mir, keiner hilft keinem. Ich will Wasser, Wasser, Wasser. Wasser um uns herum, literweise, tonnenweise, Milliarden Liter tödlichen salzigen Wassers ...

Ich stehe auf und gehe ins Badezimmer, öffne den Wasserhahn und schlucke, schlucke, schlucke. Wasser. So viel, wie ich will, so viel, bis ich weiter nicht mehr trinken kann.

Ich bin voll. Mein Bauch ist prall vor Wasser, hart wie eine Wassermelone. Nach diesem Traum muss ich immer trinken. So viel, bis ich fast platze. Ich trinke, um diese Bilder aus meinem Gehirn herauszuwaschen. Ich wünschte, ich könnte sie mit dem Wasser aus meinem Körper abführen. Ich rutsche erschöpft die Wand herunter auf den Boden und wische mir übers Gesicht. Klatschnass. Dieser Traum bringt mich zum Schwitzen und Verdursten zugleich. Ich muss wieder einschlafen. Morgen muss ich zur Arbeit.

Um 5:00 Uhr stehe ich auf. Ich habe heute Frühschicht. Akif zahlt gut und schwindelt weniger als Recep. Der war ein echter Schurke. Die Türken sind unsere weißen Meister und wir sind da, wo wir vor vielen Jahren von den Weißen hingesetzt wurden, als ihre Sklaven.

Wir sind brotlose Illegale und unsere Haut ist dunkel. Wir sind billige Arbeitskräfte, bereit für jeden Dienst. In unserer Ein-Zimmer-Wohnung leben wir zusammen, acht Männer. Hauptsache, keinen Lärm machen, damit die Nachbarn uns nicht bei der Polizei anschwärzen. Als Illegaler kannst du in Deutschland problemlos leben. Du darfst nur nicht auffallen.

Dazu musst du drei Regeln folgen: freundlich sein, in der U-Bahn ein Ticket kaufen und nicht krank werden. Obwohl, als Schwarzer fällst du immer auf. In den Großstädten geht es noch. In den kleinen Städtchen oder Dörfern bist du immer noch ein Exot: ein Clown und ein Zirkustier in einem. Ich war einmal außerhalb der Stadt, dort will ich nicht mehr hin. Zu gefährlich. Solange du die Regeln beachtest, kann nichts Schlimmes passieren. Einen Job findest du immer, es kommt nur auf den Lohn an. Wenn dir jemand zu viel bietet, kommt am Ende vielleicht gar nichts heraus. Lieber weniger, aber sicherer.

„Hi, Susanne"

„Hi, Omsa", begrüßt mich Susanne. Wir arbeiten zusammen. Sie ist eine gute Frau. Kommt aus Griechenland und arbeitet hier in drei Jobs gleichzeitig. Sie hat drei Kinder und viele Enkelkinder und gibt ihr Geld komplett ab. Das machen viele. Ich auch. Ich sende mein Geld nach Hause. Dort habe ich meine Familie: meine Eltern, Brüder und Schwestern, Tanten, Onkel. Die haben alle ihr letztes Geld gesammelt, damit ich nach Europa komme. Man zahlt für die Bootsfahrt 1.000 Euro. Und viele haben dafür mit dem Leben bezahlt.

Nach der Arbeit gehe ich kurz raus. Hole mir ein Bier und setze mich auf die Bank. Noch eine Stunde warten, dann kann ich nach Hause. Wir haben vier Betten, mehr passt in unsere Bude nicht rein. In einer Stunde gehen Rahmil und Jusuf zur Arbeit und ich kann mich dann hinlegen. Ich teile mein Bett mit Jusul.

Eine alte Frau geht an mir vorbei und schüttelt den Kopf. Sie ist unzufrieden, weil sie mich mit dem Bier auf der Bank sieht. Sie hat so einen angewiderten Blick, als ob ich auf die Bank scheißen würde. Dass ich mich nach zehn Stunden Arbeit ausruhe, kann sie sich wahrscheinlich nicht vorstellen. Vielleicht hat sie aber nur so ein Gesicht. Die Weißen sind hier oft so scheiße drauf. Das kann ich ehrlich gesagt nicht verstehen. Wenn du hier legal lebst und arbeitest, kannst du einen Haufen Geld verdienen. Dafür kannst du dir ein Haus kaufen, ein Auto, eine Familie haben und Kinder. Wieso sollte man dann überhaupt scheiße drauf sein?

Wenn es nach mir ginge, müssten die Schwarzen und die Weißen auf diesem Planeten einfach mal die Plätze tauschen. Dann hätte jeder etwas Neues zu lernen. Die Weißen würden dann mehr Sonne abbekommen und ihre Laune würde sich verbessern und die Schwarzen könnten lernen, was Ordnung ist. Das lernt man schnell. Das lernt jeder in Deutschland. Schon im Kindergarten trainieren die Kinder im Hauptfach Ordnung. In dem Haus, in dem wir wohnen, darfst du nichts zwischen 13:00 Uhr und 15:00 Uhr machen, nicht mal auf die Toilette gehen.

„Das steht in der Hausordnung", sagte uns der Typ, der uns in diese Wohnung brachte. „Wenn du die Regeln brichst, fliegst du raus."

Und wir Jungs passen richtig auf. Wenn du ein Deutscher bist, hast du Respekt vor den Regeln, wenn du ein Illegaler bist, betest du die Regeln an. Einmal wollte Raul dringend aufs Klo. Es war schon aber fünf Minuten nach 13:00 Uhr. Wir haben dann zwei Stunden mit der Spülung gewartet. Ordnung muss sein. Wir sagen allen Nachbarn „Guten Tag" und verschwinden. Die können uns nicht wirklich unterscheiden. Zur Sicherheit tragen Jusul und ich die gleiche Kleidung. Wenn wir schon das Bett teilen, sind wir dann sowas wie Zwillinge. Wenn er zur Arbeit geht, komme ich zurück und schlafe und so weiter. Dadurch sparen wir jede Menge Geld für die Miete. Nach der Arbeit falle ich meist in einen traumlosen Schlaf. Ist gut so. Viel besser als dieser Boot-Traum.

Als unser Boot gefunden wurde, konnte man die Toten kaum von den Lebenden unterscheiden. Wir waren alle halbtot. Die Seeleute auf dem Rettungsboot begossen uns aus Schläuchen und die von uns, die noch am Leben waren, öffneten die Münder und tranken. Wasser, Wasser, Wasser. Wir bekamen nicht genug davon. Offene Münder bewegten sich dem Wasserstrahl hinterher, wie an Fäden kontrollierte Marionetten. Dann haben sie unser Boot geentert und zu einem Hafen gebracht. Dort saßen wir auf Beton. Die Leichen wurden beseitigt. Da war auch dieses Mädchen aus meinem Dorf. Madita. Auch ihre Familie hatte viel Geld für sie gesammelt. Sie wollte in Europa auf Kinder aufpassen. „Ich liebe Kinder", sagte sie, „ich werde später selbst Kinder haben". Sie war sehr schön, Madita. Sie haben sie vergewaltigt. Direkt nach der Abreise. Zu siebt. Sie waren zu groß, zu stark und sie haben Madita zu sich geholt. Ich wollte mich einmischen, aber der Große drohte mir mit dem Messer und ich ging weg. Meine Familie hatte viel Geld für mich bezahlt, ich musste in Europa ankommen. Madita starb früher. Sie hatten sie stundenlang bei sich. Zuerst schrie sie noch, dann rief sie nach Hilfe und auch meinen Namen. Später stöhnte sie nur und dann war Schluss. Madita war dreizehn. Aber die Scheißkerle sind jetzt auch tot. Sie verreckten danach, als wir den ganzen Monat auf dem Meer umherirrten und uns keiner Küste nähern konnten. Sie waren viel zu dick und viel zu schwach. Sie starben danach, als ob es Madita noch retten könnte. Ihre Leichen warfen wir ins Meer, als wir noch Kräfte dafür hatten. Sie stanken fürchterlich.

Manchmal träume ich von Madita, dass sie oben im Himmel ist und mir freundlich zuwinkt. Sie hält ein dickes Baby auf dem Arm und lächelt zufrieden. Sie sieht wie die heilige Maria mit Jesus aus, nur in schwarz.

Wir saßen am Hafen und dachten, dass es endlich vorbei sei. Wir waren in Europa. Aber es war nicht vorbei. Man sammelte uns ein und steckte uns in Lastwagen. Ein Polizist erklärte uns, dass sie uns zurückbringen würden.

„Wohin?"

„Zurück! Zurück nach Afrika!"

Aber das ging nicht! Wir waren gerade erst angekommen! Nur ein paar von denen, die in Afrika in das Boot gestiegen waren. Wir konnten nicht zurück! Dann erklärte uns der Typ, dass das Sammellager, in dem sie die Flüchtlinge aufnehmen, schon voll sei: Wir passen nicht mehr hinein. Vor drei Tagen waren einige große Schiffe angekommen.

„Aber wir sind früher losgefahren!", schrie einer neben mir. „Wir sollten früher da sein!"

„Das klappt nicht."

„Ich kann nicht zurück", sagte einer neben mir.

„Ich auch nicht", antwortete ich und schaute auf die meterhohen Zäune mit Stacheldraht, die uns von Europa trennten.

„Unmöglich", sagte jemand. „Fünf Meter hoch, scharfe Stacheln, scharfe Hunde", erklärt er sparsam und zeigte seine Hände. Tiefe Wunden, Blut.

Ich schaue nach unten auf meine Hände, auf die Bierdose. Tiefe Narben überall. Ich habe es geschafft. Ich habe eine Arbeit in Europa. Ich sende Geld an meine Familie. Ich bin glücklich. Ich überlege, wenn wir in Afrika deutsche Ordnung hätten und von 13:00 bis 15:00 Uhr nicht scheißen könnten, würde Afrika dann besser leben? Ich weiß es nicht. So denke ich oft vor dem Einschlafen, aber ich bin zu müde, um weiterzudenken. Ich muss schlafen. Bald kommt Jusul und ich muss das Bett für ihn freimachen. Also schlafe ich ein und hoffe, dass ich nicht wieder von dem verdammten Boot träume.

DER

BESTE

ARZT

DER

WELT

Der beste Arzt der Welt

An meinem 25. Geburtstag entschied ich, mein Leben komplett zu ändern. Wie das gehen sollte, wusste ich noch nicht, aber es war dringend nötig. Auf unsere Wohnung, mit ihren 30 Quadratmetern, inklusive Küche, Balkon und Abstellraum, in der drei völlig unterschiedliche Menschen lebten, hatte ich keine Lust mehr. Heirat war auch keine Lösung. Ich wollte weg.

Weg aus diesem winzigen Zimmer mit abblätternden Tapeten, das ich mit meinem vierzehnjährigen, unerträglichen kleinen Bruder teilte. Weg von meiner nervenraubenden Arbeit im Kinderheim, wo ich nach meinem Pädagogikstudium gelandet war, weg aus Kischinau, der Hauptstadt von Moldawien, weg aus diesem perspektivlosen Staat.

Ich wünschte mir, nach Deutschland zu reisen, in das Land der Poeten und Philosophen, in dem die Bürgersteige mit der Seife geschrubbt wurden, wo es Bier und Wurst für umsonst gab und die Leute eine Frau als Kanzlerin gewählt hatten.

Wie konnte ich nach Deutschland kommen? Durch ein Studium? Das zog ich in Erwägung. Zwar hatte ich schon fertig studiert, aber fühlte mich in der Lage, das nochmal durchzuziehen. Ich würde mir jetzt aber etwas wunderschön Unnützliches aussuchen, statt dieser immer von Eltern verlangten sicheren Berufe. Ethnologie oder hinduistische Sprachen, Archäologie oder, warum nicht, Philosophie.

Wenn ich mir etwas in den Kopf gesetzt hatte, versuchte ich, es zu erreichen. Ich holte mein altes Buch der deutschen Grammatik, Ausgabe 1956, aus dem Schrank und ging paar Mal in der Woche zu meiner alten Deutschlehrerin, Frau Lorens, einer gebürtigen Deutschen, deren Vorfahren vor 200 Jahren nach Russland übergesiedelt waren. Erstaunlich schnell kam mein Schulwissen zurück. Ich genoss die Möglichkeit, mich in dieser Sprache zu äußern. Oft suchte ich im Internet nach den deutschen Universitäten und überlegte mir, in welcher Stadt ich am liebsten studieren würde. Wie gesagt, wenn man hartnäckig bleibt, hat das Schicksal keine Wahl.

Eines Abends rief mich meine Mutter zu sich ins Zimmer. Ihr Zimmer war noch kleiner als unser Kinderreich. Meine Mutter lebte nach der Scheidung von meinem Vater hier alleine. Alle Wände ihres kleinen Zimmers waren mit Bücherregalen vollgestellt. Das waren ihre Freunde und Götter, die Klassiker der russischen Literatur, von Dostojewskij bis Bulgakov. Über ihrem Bett hing ein Portrait von Leo Tolstoj.

„Jana, du wolltest doch nach Deutschland reisen, oder nicht?", fragte sie friedlich.

„Na, klar doch. Warum?"

Meine Mutter erzählte, dass ihre gute Freundin Nina, die in Moskau lebte, sie wegen folgender Angelegenheit angerufen hatte: Ihre Tochter Natalia, die seit Jahren in Köln lebte, hatte sich vor kurzem von ihrem Mann getrennt. Sie hatte einen sehr guten Job als Wissenschaftlerin und verdiente nicht schlecht. Sie suchte jetzt dringend ein Au-Pair-Mädchen für ihre beiden Kinder. Die Sache war dringend, weil sie nach einer Pause bald wieder zu ihrer Arbeit antreten musste.

„Mama, aber ich bin doch kein Au-Pair-Mädchen. Sie braucht bestimmt jemanden, der 16 oder 18 Jahre alt ist!"

„Nein, nein. Sie wollte unbedingt eine Frau mit pädagogischem Studium, deswegen rief mich Nina an. Nathalia zahlt dir einen Lohn und du bekommst auch dein eigenes Zimmer."

Der letzte Satz überzeugte mich sofort. Ein eigenes Zimmer, und das wo? In Deutschland. Das würde sich sicherlich lohnen. Mein Studium konnte warten.

So hatten sich innerhalb einer Woche alle meine unlösbaren Probleme erledigt. Ich kündigte meinen Job, packte den Koffer und verabschiedete mich mit einer Pralinenschachtel „Kirschen in Likör" von meiner Deutschlehrerin Frau Lorens.

Sie war zu Tränen gerührt: „Du fährst in das Land meiner Träume", seufzte sie, und nach der dritten Likörpraline flüsterte sie mir mit verschwörerischer Stimme einige Staatsgeheimnisse ins Ohr. Sie war während des Zweiten Weltkriegs Übersetzerin an der Front gewesen und hatte deshalb nie die Sowjetunion verlassen dürfen. Diese Kriegsgeheimnisse hatte sie mir schon paar Mal anvertraut, aber ich setzte, wie immer, meine Verschwörermiene auf. Sollte ich der alten Frau ihre Freude rauben?

Der Abschied von meiner Familie ging wesentlich unspektakulärer vonstatten. Mein Bruder, der während meines Besuches bei der Lehrerin unser Zimmer schon komplett für sich eingerichtet hatte, stellte sich im Türrahmen auf. Meinen Koffer trug er, ungewohnt bereitwillig, in den Flur.

„Du Arsch", sagte ich liebevoll, „ich komme doch bald wieder."

„Bitte nicht, Schwesterchen", sagte er genauso liebevoll und machte die Tür zu.

Meine Mutter küsste mich auf die Wange und sagte: „Lass es dir gut gehen, Janotschka. Aber pass auf dich auf. Mit den Jungs und mit der Gesundheit."

Ich versprach es ihr.

Kurz und knapp, eine Woche nach dem Anruf von Mamas Freundin öffnete sich schon die Tür zu Natalias Haus.

Natalia war einfach klasse! Sie war vielleicht dreizehn Jahre älter als ich, super intelligent und schlau. Ich dachte, dass ich eine deprimierte Frau antreffe, die ihren Tag im Bademantel verbringt, ihrem Mann nachtrauert und ihre weinenden Kinder mit sich herumschleppt, fand aber eine strahlende, selbstsichere, akademisch gebildete Geschäftsfrau vor. Natalia war mir sehr sympathisch. Ihre Kinder Alex und Anna, drei und fünf Jahre alt, waren genauso wie die Mama, offen und sprachbegabt. Sie unterhielten sich ausschließlich auf Deutsch und ich wunderte mich, wie spielerisch sie mit dem Konjunktiv umgingen. Wir sollten uns gegenseitig die Sprachen beibringen. Ich würde mein Deutsch bei ihnen verbessern und sie würden bei mir Russisch lernen. Obwohl die Sowjetunion untergegangen war, bevor ich geboren wurde, war ihr großes Erbe, die russische Sprache, noch ganz gut in allen ehemaligen Republiken in Gebrauch. Meine Mutter, die als Russischlehrerin ihr Fach liebte und die russische Literatur vergötterte, hatte viel Wert darauf gelernt, dass ich Russisch lernte. Und jetzt konnte ich mein Wissen an Natalias Kinder weiterreichen, damit sie sich mit ihrer Moskauer Oma Nina würden unterhalten können.

Mit Anna und Alex habe ich mich sofort verstanden. Nach meiner Arbeit im Kinderheim in Kischinau schien mir meine Beschäftigung bei Natalia ein reines Vergnügen zu sein. Und das Zimmer! Ein eigenes Zimmer! Ich durfte mein Reich mit allen Sachen ausschmücken, die mir gefielen. Ich dankte meinem Schicksal dafür!

Die Zeit ging schnell vorbei. Bald konnte ich relativ sicher kleine Unterhaltungen auf Deutsch führen. Doch zunächst sollte ich meinen Wortschatz, den ich bei meiner Deutschlehrerin und Veteranin Frau Lorens gelernt hatte, komplett vergessen. Nachdem ich ein paar Mal mit meinem Wortschatz prahlen wollte, lachten Natalia und ihre Freundin Virginia sich tot und meinten, dass ich solche Wörter lieber nicht mehr nutzten sollte, weil das alles so altmodisch und militant klang.

Nach sechs Monaten in Deutschland fühlte ich mich wohl in der Sprache und strebte den Besuch der Kölner Uni an. Natalia hatte meinen Wunsch nach einem Studium sehr unterstützt. Sie war mit mir zufrieden und wir verstanden uns prima. An Werktagen brachte ich die Kinder in den Kindergarten und holte sie wieder ab, kochte Mittagessen, spielte, lernte mit ihnen Russisch. Abends kam Natalia nach Hause und wir aßen Abendbrot zusammen. Ich legte die Kinder ins Bett und morgens ging es von vorne los. Am Wochenende fuhr ich oft per Reisebus in die umliegenden Städte Europas. Ich war in Amsterdam und Brüssel, Paris und Luxemburg. Zwei Nächte im Bus, hin und zurück, damit man Hotelkosten spart. An manchen Wochenenden flog Natalia mit ihrer Freundin Virginia zum Diving. Ansonsten wechselten Natalia und ich uns bei den Kindern ab und genossen das Leben, bis die Sorgen meiner Mutter sich bestätigten: Ich meine nicht die Jungs, sondern meine Gesundheit.

Am Donnerstag ging ich mit beiden Kindern ins Schwimmbad. Es war warm und wir konnten auch draußen schwimmen. Wir spielten und plantschten, sprangen und rutschten, was das Zeug hält. Dabei hatte ich genauso viel Spaß wie die Kleinen.

Ich liebe Kinder. Klar, es klingt banal, weil es mein Beruf ist, mit Kindern zu arbeiten, aber ich liebe diese kleinen Menschen, die ihre eigene Welt haben, die so völlig anders ist als die der Erwachsenen. Ich wünsche mir auch, dass ich eines Tages meine „eigene Anna", meinen „eigenen Alex" habe.

Am Freitagmorgen, als ich aufstehen wollte, spürte ich einen starken Schmerz im Bauch. Ich rief nach Natalia, die abends auf ihre nächste Reise gehen wollte. Diesmal in die Karibik. Ihr Tauchanzug lag schon ausgebreitet im Keller bereit. Natalia hatte sich einen freien Tag genommen, um sich in Ruhe auf die Reise vorzubereiten, zum Packen und für den Abschied von ihrem Nachwuchs. Sie kam mit besorgtem Gesicht zu mir. Ohne viel zu reden, zog sie die Kinder an und brachte sie in den Kindergarten. Ich hatte inzwischen versucht, mich aufzurappeln und ging in die Küche. Eine neue Schmerzwelle überrollte mich und ich setzte mich direkt auf den Boden. So fand mich einige Minuten später Natalia, als sie zurückkam.

„Das sieht nicht gut aus", stellte sie fest. „Wir fahren dich zum Arzt."

„Zu welchem?" Ich wusste schon, dass für jede Art von Schmerz in Deutschland ein spezieller Arzt zuständig war. Ich deutete auf meinen Unterbauch, auf die rechte Seite.

„Wann hattest du deine Tage?"

„Schon vorbei."

„Könntest du schwanger sein?", fragte Natalia erschrocken.

„Völlig ausgeschlossen", sagte ich. Nach meiner Ankunft in Deutschland hatte ich keinen Anlass dazu gehabt.

„Bist du am Blinddarm operiert worden?"

„Nein."

„Das könnte es sein", stellte Natalia fest. Sie war schließlich Wissenschaftlerin.

„Natalia, ist es vielleicht von gestern?", jammerte ich. „Wir sind einfach zu viel geschwommen?"

„Kann auch sein. Los, wir fahren zu meiner Hausärztin."

Natalia steckte mich ins Auto und nach zehn Minuten waren wir in der Praxis.

Zum Glück war nicht so viel los und bald standen wir vor einer Frau Dr. Vorobjew-Bremer. Sie legte mich auf die Pritsche und untersuchte mich gründlich. Als sie mir stark auf die rechte Bauchseite drückte, schrie ich lauthals.

„Das sieht nicht gut aus", sagte sie zur Natalia. „Ich schreibe ihr eine Überweisung ins Krankenhaus".

„Krankenhaus?", piepste ich erschrocken.

Frau Dr. Vorobjew-Bremer und Natalia unterhielten sich weiter mit angestrengten Gesichtern. Ich geriet in Panik. Krankenhaus? Das schreckliche Wort war gefallen. Da wollte ich nicht hinein. Und Natalia? Sie wollte doch heute fliegen, wer würde dann auf die Kinder aufpassen?

„Natalia, wo fahren wir hin?", fragte ich sie, als wir schon im Auto saßen.

„Ins Krankenhaus."

„Aber wie schaffen wir das? Wer wird Anna und Alex abholen?"

„Meine Freundin Virginia."

„Aber. Aber ... was machen sie dort mit mir?"

„Untersuchen, anschauen, Blutprobe machen. Ein paar Stunden, sagte Frau Vorobjew-Bremer und du bist zu Hause. Wenn alles in Ordnung ist ..."

„... und wenn nicht alles in Ordnung ist? Was wird mit eurer Reise? Ihr solltet doch heute fliegen", stammelte ich völlig verwirrt. Dass ich ihr die Reise vermasseln würde, fand ich noch schlimmer, als im Krankenhaus zu landen.

„Ach, halt mal die Luft an", sagte Natalia: „Eins nach dem anderen." Sie machte sich wirklich Sorgen um mich.

Als wir im Krankenhaus ankamen, verstanden wir sofort, warum es bei Frau Dr. Vorobjew-Bremer relativ leer gewesen war.

Alle Kranken schienen direkt ins Krankenhaus gegangen zu sein. Die Schlange war endlos. Ein richtiges Menschenmeer. Alle saßen auf ihren Plastikstühlen in diesem überdimensionalen Saal, der einer Flughafenhalle ähnelte. Natalia ging zur Anmeldung und steckte die Überweisung von Frau Dr. Vorobjew-Bremer durch.

„Wir haben einen Notfall", sagte Natalia mit eiserner Stimme.

„Nehmen Sie bitte Platz. Sie werden gleich aufgerufen", sagte die Informationsfrau, die wohl durch nichts aus der Ruhe gebracht werden konnte. Bei diesem Ansturm von Menschen mit Überweisungen war sie schon abgehärtet gegen alle Notfälle der Welt.

„Wir haben eine Überweisung", drängte Natalie weiter, „und es ist dringend."

„Natürlich", bestätigte die Informationsfrau, „Sie werden auch schneller drankommen als die anderen."

Tatsächlich. Die Überweisung brachte uns diesen Vorteil. Statt der vier Stunden, „wie alle anderen", mussten wir nur drei warten. In dieser Zeit unternahm Natalia alle möglichen Versuche, unsere Wartezeit zu verkürzen und gab schließlich auf.

„Nichts zu machen. Du hast keine Privatversicherung", stellte sie resigniert fest.

Sie telefonierte noch mit Virginia hin und her, die mutig auf Anna und Alex aufpasste und sehnsüchtig auf unsere Rückkehr wartete, von der die Reise abhing.

Die Laune von Natalia wurde von Stunde zu Stunde düsterer. Ihre Raucherpausen schienen jetzt immer länger und häufiger zu werden. Als sie nach dem letzten Rauchen zu mir zurückkam, sagte ich mit einem künstlichen Lächeln: „Natalia, es tut mir schon nichts mehr weh, vielleicht gehen wir jetzt nach Hause." Sie schaute mich voller Hoffnung an, überlegte kurz und sagte dann:

„Nein. Das ist auch keine Lösung. Wenn etwas passiert, während ich weg bin und du alleine mit den Kids bist? Nein, wir bleiben. Das kann ich nicht riskieren. Zum Glück ist unser Flug erst heute Abend. Es wird sich schon eine Lösung finden."

Wir warteten noch ein bisschen. Natalia verschwand zu ihrer nächsten Raucherpause und kam danach strahlend zurück.

„Was ist los?", fragte ich. „Du hast in der Lotterie gewonnen?"

„Ich habe alles erledigt. Ich habe meinen Ex-Mann angerufen und sagte, dass es sich um einen Notfall handelt, stimmt doch, ja?" Sie zeigte auf die riesengroße Halle des Krankenhauses.

„Er kommt und holt die Kinder für die ganze Woche", beendete sie freudig den Satz.

„Und wenn du in paar Tagen wieder nach Hause kommst …", holte sie nach und stockte, als sie mein erschrockenes Gesicht sah, „ich meinte, wenn du heute nach den Untersuchungen nach Hause kommst, dann hast du einfach mal deine Ruhe. Ist das nicht toll?", fragte sie ehrlich erfreut. Die Erleichterung stand ihr groß ins Gesicht geschrieben.

„Ja, das ist super", sagte ich und klang weniger optimistisch. Die Perspektive eines Krankenaufenthaltes machte mich überhaupt nicht glücklich.

„Natalia, ehrlich gesagt, würde ich auch schon jetzt nach Hause gehen."

Natalia schaute mir lange ins Gesicht und ich konnte ihr Schwanken spüren, doch dann wurde endlich mein Name aufgerufen.

Wir bewegten uns hinter der Informationsdame her, die uns zum Aufzug brachte. „Sechste Etage, Raum 612", sagte sie Natalia und drückte ihr eine Mappe mit ausgedruckten Formularen in die Hand.

Auf jedem Aufkleber, gefühlt hundert Stück, stand mein Name, Jana Ionesku. Mittlerweile war es Nachmittag, Freitagnachmittag. Eine besondere Zeit im Leben eines jeden Betriebs, in dem die Beschäftigung bis zum Montagmorgen zum Erliegen kommt. Nicht so im Krankenhaus. Die Wochenendpausen beziehen sich meistens nur auf die Ärzte. Dabei bleibt immer ein Dienstarzt auf der Station, der aber für „Alles und Alle" verantwortlich ist.

Wir zwei erreichten die sechste Etage, die in großen Buchstaben als „Frauenklinik/Gynäkologie" ausgeschildert war.

„Warum Gynäkologie?", fragte ich. „Ich bin doch nicht schwanger."

„Keine Ahnung", sagte Natalia „vielleicht hat Frau Vorobjew-Bremer schon alle anderen Organe überprüft."

Wir kamen zum Raum 612 und stellten mit Entsetzen fest, dass es sich wieder um einen Warteraum handelte, in dem jetzt weitere zwanzig Menschen saßen. Dieses neue Hindernis konnte Natalias tatkräftige Natur nicht mehr ertragen.

„Halt mal deinen Bauch mit den Armen", wies sie mich auf Russisch an und sagte ganz laut zu der Schwester, die am Tisch vor dem Warteraum saß.

„Was geht denn hier vor? Das Mädchen kommt als Notfall und wird hier mit stundenlanger Warterei gequält! Sie hat unerträgliche Schmerzen und jetzt soll sie wieder warten!"

Ich versuchte mein Gesicht Natalias Empörung anzupassen. Das gelang mir nicht gut, denn die Schmerzen waren vor Stunden abgeklungen und eigentlich wollte ich nichts als nach Hause. Die Stationsschwester war weniger abgehärtet als ihre Kolleginnen von unten. Sie gab Natalias Druck nach und kam schleunigst zu mir.

„Haben Sie starke Schmerzen?", fragte sie mich besorgt. Natalia drehte sich mit hoffnungsvollem Gesicht zu mir und rollte mit den Augen. Mir blieb nichts anderes übrig, als zu nicken. „Okay", sagte die Stationsschwester, „Kommen sie mit". Beflügelt schob mich Natalia hinter der Schwester vorwärts. Ich wehrte mich ein bisschen, weil sich diese schnelle Bewegung doch ziemlich unangenehm in meinem Unterleib anfühlte.

In einem Korridor angekommen, klopfte die Schwester an einer der unzähligen weißen Türen.

„Herein!", kam es von innen, und Natalia schob mich hinein, begleitet von der Schwester.

Im Zimmer saß eine junge Frau, ungefähr in meinem Alter, und telefonierte. Die Schwester legte meine Unterlagen vor ihr auf den Tisch und brachte mich hinter einen Vorhang, wo ich mich frei machen sollte. Als ich fertig war, trat ich vor den Vorhang in einen Raum, in dem ein Gynäkologieuntersuchungsstuhl stand, ein Folterinstrument, das ich noch nie ausstehen konnte. Zwar sah er viel eleganter aus als in Kischinau und glänzte sogar ein bisschen. Es bereitete mir trotzdem keine Freude, da drauf zu klettern.

Als ich mich auf dem Stuhl in der richtigen Sitz-Liege-Beine-Auseinander-Position befand, begann die junge Dienstärztin mit der Untersuchung. Sie zog einen Gummihandschuh über und steckte ihre Hand in meine Öffnung. Das macht eigentlich keinen Spaß, wenn jemand völlig Fremdes die Hände in deinem Intimbereich versenkt. Man möchte diese notwendige Prozedur so kurz wie möglich halten. Ich wartete geduldig, bis sie ihre Hand wieder hinausnahm. Aber plötzlich klingelte es.

Die Ärztin holte mit ihrer freien Hand das Telefon aus ihrem Kittel und ließ die andere Hand währenddessen in meinem Unterleib. Sie gab einige Anweisungen, sprach Fachchinesisch, ohne die Hand aus meinem Innerem zu ziehen. Meine Geduld war schon aufgebraucht, als sie endlich das Telefonat beendete und meine Untersuchung fortsetzte. Schließlich holte sie ihre Hand aus meiner Scheide heraus, dann klingelte es erneut.

Ich konnte mich glücklich schätzen, dass ihre Hand nicht mehr drin steckte, aber zu liegen, mit den gespreizten Beinen und entblößten Genitalien, um so darauf zu warten, bis jemand ein Telefonat beendet hatte, fand ich auch nicht lustig. Diesmal ging es um die Wäsche. Irgendetwas sollte irgendwohin transportiert werden. Das zweite Gespräch war zu Ende, meine Untersuchung aber nicht. Meine nackten Füße waren inzwischen eiskalt. Die Ärztin nahm ein Plastikobjekt in die Hand, das verdächtig dem männlichen Glied ähnelte. Dieses Objekt hing an einem Schlauch, der mit einem Ultraschallgerät verbunden war. Die Ärztin stülpte meisterhaft ein Kondom auf diesen Plastikpenis auf und steckte mit einer drehenden Bewegung dieses Teil in mich hinein. Ich piepste nur überrascht auf. Ohne auf mich zu achten, drehte und schob die Ärztin das Instrument in alle Richtungen und schaute dabei konzentriert auf den Bildschirm. Ein erneutes Telefonklingeln überraschte mich fast nicht. Das Plastikding blieb in mir stecken und die Ärztin vom Dienst ging zu ihrem Schreibtisch. Ich hatte bisher mit allen Kräften versucht, an etwas Angenehmes zu denken. Das gelang mir aber nicht.

„Um Gotteswillen", dachte ich, „warum hat dieses Krankenhaus so wenig Personal, dass die Ärztin alles alleine regeln muss. Könnte jemand vielleicht während meiner bescheuerten Untersuchung ihr diese Telefonate abnehmen? Ich wäre dann in fünf Minuten fertig und die Ärztin müsste sich nicht ständig unterbrechen."

Als das dritte Telefonat zu Ende war, stocherte sie noch eine Weile in mir herum, holte das Plastikglied raus und drückte auf einen Knopf. Schwarz-weiße Ausdrucke krochen geräuschlos aus dem Ultraschallgerät heraus.

„Sie können sich anziehen", sagte Ärztin, ohne mich eines Blickes zu würdigen.

Ich rannte glücklich zu meinen Sachen und freute mich besonders auf die warmen Socken. Ich zog mich schnell an und kam zurück zum Schreibtisch, wo Natalia bereits saß.

Wir warteten geduldig auf die Ärztin, die mit todernstem Gesicht etwas am Computer tippte. Wieder wünschte ich ihr von ganzem Herzen eine Sekretärin. Die nächsten zwei Anrufe dazwischen überraschten mich nun absolut gar nicht mehr. Die Ärztin tippte weiter, während sie am Telefon sprach, Natalia und ich saßen stillschweigend daneben.

„Also", sagte die Ärztin, als sie aufgehört hatte zu telefonieren. „Sie haben Glück. Wir haben eine Absage bekommen und es ist jetzt ein Bett frei geworden. Die Operation wird morgen durchgeführt".

„Operation?!", schrie ich auf. Habe ich etwas Wichtiges verpasst?

„Was für eine Operation?", fragte Natalia, die nicht weniger überrascht wirkte.

„Die Patientin hat starke Schmerzen im Unterleib", las uns Ärztin aus dem Computer vor, „bei der Untersuchung wurde eine Zyste entdeckt, die diesen Schmerz verursachen könnte".

„Eine Zyste?", wunderte sich Natalia, „Wir dachten das wäre Blinddarm?"

„Blinddarm?!", wunderte sich ihrerseits die Ärztin und tippte auf der Computertastatur.

Ich war nicht nur überrascht, sondern auch sprachlos. Eine Zyste? Ich wusste nicht einmal, was eine Zyste war. Die Ärztin holte inzwischen ein Formular aus dem Drucker heraus, mit einer Skizze, die zeigte, wie der weibliche Unterleib organisiert ist. „Eine Zyste ist, in Ihrem Fall, eine Blase auf dem Eierstock, hier", zeigte sie mit dem Stift auf die Zeichnung.

„Wodurch wird sie verursacht?", fragte Natalia und ich bemerkte ihr wissenschaftliches Interesse dabei. Die Ärztin hörte diesen Unterton auch heraus und begann enthusiastisch alles zu erklären, mehr an Nathalias als an meine Adresse. Ich verlor den Faden schon bei den ersten Wörtern, mein Deutsch reichte dafür nicht. Plötzlich schoss mir ein Gedanke durch den Kopf.

„Ist das, weil ich so lange keinen Sex hatte?", platzte es erschrocken laut aus mir heraus. Natalia und die Ärztin drehten sich zu mir, verwundert über die Unterbrechung ihrer hochinteressanten Unterhaltung.

„Nein, das nicht", sagte die Ärztin, „definitiv nicht." Dann erzählte sie in einem sportlichen Tempo und jetzt ohne wissenschaftliche Abschweifungen, dass man mir die Zyste entfernen wird. Und wenn nötig, auch den Eierstock. Und wenn nötig, im schlimmsten Fall, auch die Gebärmutter. Ich musste hier und da unterschreiben, dass ich damit einverstanden bin.

„Und der Blinddarm?", fragte Natalia erschrocken, als ob es nicht genug wäre, „Was ist mit dem Blinddarm?"

Die Ärztin nahm einen roten Stift und schrieb auf dem Formular neben der Zeichnung noch ein paar Kritzelbuchstaben.

„Das wird während der Operation abgewogen, was entfernt werden muss."

„Am besten gar nichts", sagte ich. „Ich will nach Hause!"

„Die Zyste ist gefährlich, wenn sie platzt. Sie kann eine Unterbauchinfektion auslösen. Aber Sie haben Recht, man könnte noch mit der OP warten. Da Sie aber als Notfall mit den starken Schmerzen ankamen, kann ich Sie jetzt nicht entlassen", sagte die Ärztin und fügte noch ein paar komplizierte Sätze dazu, die ich nicht mehr verstand. Zum Glück meldete sich das Telefon und die Ärztin kehrte zu ihren Call-Center-Pflichten zurück.

„Natalia, ich mache es nicht", zischte ich auf Russisch, obwohl die Ärztin uns sowieso nicht verstehen konnte, weil sie in ihr Gespräch vertieft war.

„Die Zyste kann sich jederzeit entzünden und wenn sie platzt, haben wir den Salat."

„Aber wozu dann die ganzen Formulare?"

„So sind die Regeln." Natalia zuckte mit den Schultern. „Sie schützen sich vor Regress."

„Und wie schütze ich mich?"

„Mach dir keine Sorgen", beruhigte sie mich, „das sind bloß die Formulare. Die Ärztin meinte, dass es nicht so gefährlich ist. In drei Tagen bist du wieder zu Hause. Wenn die Zyste platzt, kann es viel schlimmer werden."

„Okay", sagte ich. Ich griff zum Stift und unterschrieb die Formulare. Die Ärztin nahm sie, ohne aufzuhören zu telefonieren, schnell vom Tisch, und tippte erneut etwas am Computer. Dann bedeutete sie uns mit dem Kinn, dass wir jetzt gehen könnten.

Wir sagten „Tschüss" und „Danke" und gingen rücklings zur Tür. Hinter der Tür stand die Krankenschwester, die uns vorhin gebracht hat. Ob sie die ganze Zeit hier gestanden hatte?

Die Schwester brachte mich und Natalia ins Krankenzimmer. Ab jetzt war es offiziell: Ich bekam ein Bett, einen Zimmerplatz und Bändchen um mein Handgelenk. Natalia verabschiedete sich von mir, sichtlich erleichtert darüber, dass sie noch ein paar Stunden bis zum Reiseantritt übrig hatte.

„Mach dir keine Sorgen", sagte sie, „Alles wird gut. Wir haben hier in Deutschland die besten Ärzte der Welt."

Da fragte ich erschrocken: „Ich kenne ihren Namen nicht".

„Wessen Namen?"

„Die Ärztin, die mich untersucht hat."

„Wozu brauchst du ihren Namen?", wunderte sich Natalie ihrerseits.

„Sie wird mich doch operieren. Ich will ihren Namen kennen."

„Sie wird das bestimmt nicht selbst machen. Sie hatte nur heute ihren Dienst. Aber ich habe es mir gemerkt, wenn du das brauchst: Sie heißt Frau Koslowski."

„Okay. Danke. Wer wird mich dann operieren?"

„Das weiß ich nicht. Jemand, der morgen Dienst hat. Beruhige dich. Wir haben hervorragende Ärzte in Deutschland." Das hatte sie schon vorhin gesagt. Also nahm ich Abschied von Natalia, wünschte ihr eine gute Reise und setzte mich auf das Bett.

Das Zimmer war nicht groß: drei Betten, einige Einbauschränke, ein Tisch und eine eigene Toilette. Alles in allem war es hier sauber und ruhig. Die zwei Betten waren mit zwei schlafenden Frauen belegt. Es herrschte vollkommene Stille. Ich saß einige Zeit still. Da ich nichts zu lesen hatte, legte ich mich nach einer Weile hin. Die Matratze war angenehm und bequem.

Als ich die Augen öffnete, war es dunkel. Durch eine kleine Lampe sickerte ein spärliches Licht herein. Ich zuckte zusammen, als ich merkte, dass jemand neben meinem Bett saß.

Das war eine Frau, wie ich der Silhouette entnehmen konnte. Je länger ich schaute, desto mehr Details nahm ich wahr: Tasche auf dem Schoß, länglicher Rock, ein Hut auf dem Kopf. Ist meine Mutter nach Deutschland angereist?

„Völlig unmöglich", sagte mein Verstand. Ich hatte nämlich Natalia ausdrücklich verboten, meine Mutter zu beunruhigen. Sie hätte sowieso kein Geld gehabt für die Reise nach Deutschland. Und selbst wenn sie Geld gehabt hätte, hätte sie so schnell nicht hierhin kommen können. Doch bei dem Gedanken, dass es meine Mutter sein könnte, wurde mir warm ums Herz. So absurd, wie es auch war, wünschte ich mir plötzlich, dass meine Mutter mit ihrem alten Damenanzug, Hut und Tasche, bei mir säße.

„Wer ist da?", flüsterte ich leise auf Russisch.

„Deine Mutti", antwortete mir die Frau in einer der slawischen Sprachen.

Ich verstand sofort die Antwort und auch, dass es ganz bestimmt nicht meine Mutter war.

„Was machen Sie hier?", fragte ich wieder auf Russisch.

„Ich warte auf den Bus", vertraute mir die Frau auf Polnisch an. Jetzt hatte ich die Sprache erkannt.

„Was? Was machen Sie hier?", fragte ich erstaunt auf Deutsch.

„Ich warte hier auf den Bus", antwortete die Frau resigniert auf Deutsch. Ich staunte. Konnte es sein, dass die sehr beschäftigte Frau Dienstärztin zwischen ihren vielen Telefonaten, mich auf die falsche Station hatte bringen lassen?

In diesem Moment öffnete sich die Tür und im Lichtkegel erschien eine mächtige Figur, die fast den ganzen Türrahmen füllte. Die Figur sprach mit einer tiefen Frauenstimme:

„Ah, hier sind Sie, Frau Voitalla. Ich habe Sie überall gesucht."

„Was wollen Sie von mir?", fragte erbost die Frau mit dem Hut.

„Das ist nicht ihr Zimmer, Frau Voitalla, Sie haben sich wieder vertan. Kommen Sie", sagte die Figur zu meiner Besucherin. Die

Frau mit dem Hut ließ sich problemlos aus dem Zimmer wegbringen. Meine beiden Zimmernachbarinnen schliefen ruhig, nach wie vor, ohne etwas zu bemerken.

„Ich werde jetzt kein Auge zumachen", dachte ich und drehte mich auf die andere Seite.

„Guten Morgen", weckte mich eine trompetenartige Stimme. „Ich heiße Schwester Elke, jetzt ist es halb sechs." Die mächtige Figur von heute Nacht hatte im Morgenlicht ein rundes und positives Gesicht bekommen. Ich vergaß darüber sogar zu fragen, warum sie uns so früh weckte. Schwester Elke schloss wieder die Tür hinter sich und die Frage blieb in meinem Kopf hängen. Halb sechs? Warum so früh?

Aber ich hatte auch genug geschlafen, im Gegensatz zu meinen Zimmergenossinnen. Es schien sie nichts aus der Ruhe bringen zu können, sie schliefen weiter. Ich ging zur Toilette, machte mich frisch, setzte mich auf den Stuhl und zückte mein Smartphone. Ich checkte meine Sozialnetzwerke und E-Mails und war fast schon versucht, meine Freundin aus Kischinau über das Krankenhaus zu informieren, als Schwester Elke wieder auftauchte.

„Frau Ionesku, ich werde sie jetzt auf ihre Operation vorbereiten. Ziehen Sie das bitte an, ich komme sofort wieder." Schwester Elke übergab mir ein Hemd, das knielang, vorne geschlossen und hinten wie eine Schiebetüre war. Ich zog mich um und fühlte mich sofort wie die Patientin einer Irrenanstalt. Schwester Elke kam zurück in Begleitung von zwei jungen Männern in dunkelblauer Uniform. Ich sollte mich ins Bett legen. Das Hemd sah sehr lustig aus und da ich keine Unterwäsche darunter trug, bevorzugte ich es, mich mit dem Laken zuzudecken.

Die Schwester Elke wünschte mir alles Gute und die zwei Uniformierten zogen mein Bett in den Korridor. Ich hielt mein Laken

136

fest mit beiden Händen unter dem Kinn, damit meine Nacktheit nicht allen auffiel. Wir bewegten uns eine ganze Ewigkeit.

Die Reise in der Horizontalen war sehr ungewöhnlich. Tausend Lampen stachen mir ins Gesicht und brachten mich auf komische Gedanken. Ich fühlte mich alles andere als krank und total falsch am Platz. Ich hatte gar keine Schmerzen mehr und hätte auch alleine zu Fuß gehen können, statt die jungen Männer damit zu beschäftigen, mich hier durch die Gänge zu rollen. Am liebsten wollte ich eher in die entgegengesetzte Richtung fahren, zurück zu Natalia und dann noch weiter nach Kischinau in meine alte Wohnung mit abblätternden Tapeten, dem winzigen Zimmer und wildem Teenager-Bruder.

Irgendwann kam das Bett samt mir und meinen zwei Begleitern zu einem Aufzug, in dem mich die anderen Passagiere mitleidig betrachteten. Wir sanken in einen tiefen Bunker hinab und meine Begleiter brachten mich vor eine Konstruktion, die einem Raumschiff am ähnlichsten sah.

Danach lösten sie sich in Luft auf und vor mir erschien eine Frau mit sehr ernstem Gesicht. Sie schaute auf meine Mappe, die ich zuletzt bei der Dienstärztin gesehen hatte, dann auf ihren Raumschiff-Bordcomputer, der vor ihr stand und schließlich auf das Bändchen auf meinem Arm. Zum Schluss drehte sie sich zu mir:

„Wie heißen Sie?",

„Jana Ionesku"

„Wie alt sind sie?"

„Fünfundzwanzig."

„Was soll bei Ihnen operiert werden?"

Da staunte ich nicht schlecht. Kurz vor dem Operationstisch konnte ich noch Wünsche äußern? Wenn das der Fall war, dann wollte ich wirklich mein Bestes versuchen.

„Kann ich jetzt nach Hause gehen? Bitte! Ich habe keine, keine Schmerzen mehr. Das ist Natalia, die mich hierhergebracht hatte", jammerte ich pausenlos, dabei setzte ich mich auf und versuchte das Bändchen abzustreifen.

„Keine Sorge, Frau Ionesku", lächelte mich die Frau an und verlor sofort all ihre Strenge. „Das sind ganz normale Fragen. Ich muss nur alles kontrollieren."

„Was machen Sie mit mir?", fragte ich zitternd.

„Sie bekommen jetzt die Anästhesie und werden keine Schmerzen haben. Die Ärzte entfernen ihre Zyste und werden den Blinddarm überprüfen. Alles wird gut", sagte sie mir und zwang mich sanft mit ihrer Hand, mich wieder hinzulegen. „Wir haben die besten Ärzte der Welt."

Unterdessen öffneten sich mit einem typischen Zischen die Türen des Raumschiffs und die Frau schob mein Bett hinein.

Die Astronauten, alias „die besten Ärzte der Welt", waren schon da. In voller Montur mit Mundmasken, die ihre Gesichter verdeckten, und großen Brillen, die keine Chance boten, in ihre Augen zu schauen. Die restlichen Teile ihrer Körper waren in menthol-grüne Farbe gehüllt. Da hätten mich auch ruhig die Außerirdischen höchstselbst operieren können, ich hätte keine Chance gehabt, das zu erkennen. Das Bett wurde unter grelles Licht gefahren und eine Stimme sagte mir:

„Wir legen Ihnen jetzt eine Maske auf. Atmen Sie ruhig und zählen bis 10."

„Kann ich auf Russisch zählen?", fragte ich schnell.

„Ja, bitte." Ich hörte einen Anflug von Lächeln in der Stimme.

Etwas drückte sich auf mein Gesicht und ich begann zu zählen. „Odin, dva, trie, tschetiere ..."

Ich wachte neben dem Meer auf. Ich hörte Meeresrauschen. Die Wellen stießen auf die Steine und flossen, unwillig, sich zu widersetzen, wieder zurück. Nach vorne und wieder zurück, vorne und zurück, vor und zurück …, bis eine männliche Stimme plötzlich laut schrie: „Leise, die Frau schläft!" Erst dann wurde ich wirklich wach. Ich sah mich um. Ich lag immer noch in meinem Bett, das sich in meinem Zimmer befand.

Die Stimmen, die ich wie Meeresrauschen wahrnahm, entstanden vor dem nebenstehenden Bett. Meine Nachbarin hatte Besuch: zwei Männer, zwei Frauen und gefühlt ein Dutzend Kinder. Sowohl Männer als auch Frauen sprachen mit der im Bett liegenden Frau, die Kinder rannten und wuselten, kreisten und krochen um das Bett herum. Die Sprache der Unterhaltung verstand ich nicht, tippte aber auf Türkisch oder Kurdisch. Die Kinder sollten eigentlich neben dem Bett meiner Nachbarin bleiben, aber diese Grenzen waren ihnen zu knapp. Die zwei ältesten Jungs unternahmen ständig den Versuch, sich meinem Bett zu nähern und mich ins Spiel zu integrieren. Wenn sie zu nah kamen, meldete sich ihr Vater und sagte laut und deutlich auf Deutsch: „Geht zurück. Die Frau will schlafen!"

Ich bewegte meine Finger und überprüfte, langsam und tastend, ob das Bettlaken mich noch gut verdeckte. Dann versuchte, ich meine Beine zu bewegen. Das funktionierte weniger gut. Am schlimmsten ging es aber meinem Rumpf. Vom Po bis zum Hals spürte ich gar nichts. Ich wusste nicht, ob ich nach der Operation noch immer so luftig angezogen war, wie vorhin, deswegen hielt ich es für besser, mit weiteren Untersuchungen des eigenen Körpers zu warten, bis das Interesse der Nachbarskinder und ihres Vaters abebbte. Die Zimmertür öffnete sich und eine lange, schlanke Frau in weißer Bluse und Hose schritt direkt zu mir.

„Hallo Frau Ionesku. Wie fühlen Sie sich? Ich bin Schwester Silke, ich messe Ihnen den Blutdruck." Sie band mir das Gerät um, maß den Blutdruck und fragte mich freundlich: „Wollen Sie Pipi?"

Die Nachbarskinder fühlten sich angesprochen und nickten bereitwillig mit den Köpfen. Ich dagegen war etwas irritiert. Ich fühlte mich noch nicht in der Lage, alleine aufzustehen.

„Ich kann Ihnen das Töpfchen bringen", erklärte Schwester Silke. Die Kinder prusteten laut. Ich war verzweifelt. Ich konnte mir kaum vorstellen, dass ich vor dieser ganzen Versammlung das Töpfchen nutzen konnte.

„Ich würde lieber zur Toilette gehen", krächzte ich und wunderte mich über den Klang meiner Stimme. „Aber ich bin nicht angezogen", fügte ich hinzu.

„Keine Sorge", beruhigte mich Schwester Silke, „wir versuchen das jetzt vorsichtig. Da wird bestimmt keiner hinschauen."

Sie half mir mit einem energischen Ruck, zunächst in die Sitzposition zu kommen, wobei ich mir wie ein Kartoffelsack vorkam, dann stellte sie mich vorsichtig auf die Beine. Der Fußboden näherte sich mir mit einer atemberaubenden Geschwindigkeit.

„Uppsala", rief Schwester Silke, schnappte mich kurz vor dem Boden wieder auf und half mir auf das Bett. „Das klappt noch nicht mit dem Gehen. Ich bringe lieber das Töpfchen."

„Nein!", schrie ich mit voller Kraft, was aber wie ein leises Krächzen kam. „Bitte noch einmal!"

Diesmal schaffte ich es, nicht direkt hinzufallen. Ich stand wackelig auf den Beinen, als ein starker Windzug aus dem Fenster mein Krankenhaushemd von hinten kräftig auseinander fächerte. Mein verschwitzter Hintern kühlte sich ab und ließ die Nachbarskinder fröhlich kichern

„Popo. Hihi. Popo. Haha."

Die erziehende Stimme ihres Vaters fehlte dieses Mal komplett. Zusammen mit Schwester Silke schaffte ich es zur Toilette und schwer atmend wieder zurück zum Bett. Dieses Unterfangen kostete mich so viel Kraft, dass bald die glücklichen Kinderstimmen „ich habe ihren Popo gesehen" und die erzieherischen „die Frau ist krank" wieder zum Meeresrauschen verschmolzen und verschwanden.

Das zweite Mal wurde ich wach, weil mich jemand an der Schulter schüttelte. Vor mir stand eine Frau, die wie ein Schneemann gebaut war. Kugel unten, Kugel in der Mitte und oben noch eine Kugel mit Lockenfrisur. Die Schneemann-Frau war auch ganz in Weiß gekleidet. Das sollte die Ärztin sein, die mich operiert hatte. Die Frau verbreitete eine Aura der Verlässlichkeit und Solidität. Sie war auch im vertrauenswürdigen Alter von fünfzig plus, nicht wie die dauernd telefonierende junge Frau Koslowski. Frau Schneemann hielt eine rote Mappe in der Hand und einen Stift in der anderen.

„Guten Tag", sagte sie mit einer festen Stimme, die mir auch sehr gefiel.

„Guten Tag", krächzte ich zurück.

„Ich will Ihre Wünsche für morgen abfragen", sagte die Frau und schaute dabei aufmerksam in die Mappe.

„Habe ich noch etwas übrig zum Rausschneiden?", unternahm ich einen Versuch zu scherzen und plötzlich lief mir ein kalter Schauer über den Rücken, ich wusste bis jetzt nicht, was bei mir gemacht worden war.

„Was wurde mir bei der OP entfernt?" schrie ich auf und saugte mich mit den Augen an der Schneemannfrau fest.

„Was möchten Sie für das Mittagessen aussuchen?", fragte mich

141

unterdessen diese Frau Schneemann völlig routiniert und ignorierte sowohl meinen Scherz als auch meine Frage.

So schnell wollte ich aber nicht aufgeben.

„Wissen Sie, ich würde gerne wissen, wie meine Operation verlaufen ist und was dabei herauskam."

„Hühnersuppe, Brokkolisuppe oder Spinatsuppe?", fragte die Frau ohne Unterbrechung.

„Entschuldigen Sie bitte. Ich fragte, was kam bei meiner OP heraus?"

„Schweinekotelett, Steak oder Würstchen?" Die Frau ließ sich nicht beirren.

„Aber, was hat das mit meiner OP zu tun?", japste ich nur noch jämmerlich. „Sind Sie nicht die richtige Ärztin?"

Die Schneemann-Frau ließ nicht locker.

„Bitte treffen Sie ihre Wahl: Hühnersuppe, Brokkolisuppe oder Spinatsuppe."

Da ich so gut wie keine Stimme mehr hatte, hob ich meine Hand mit ausgestrecktem Zeigefinger hoch, wie ich es den Kindern beibrachte, wenn sie eine brennende Frage zu stellen hatten. Ich öffnete schon den Mund, aber die Frau war schneller.

„Also, Nummer zwei die Brokkolisuppe. Für den zweiten Gang: Schweinekotelett, Steak oder Würstchen?"

Ich atmete tief durch, um meine Frage zu stellen, doch dazu kam ich nicht.

„Also Nummer zwei: Steak."

In der kurzen Atempause schaffte ich zu stammeln „Wissen Sie zufällig ...", doch dann kam schon: „Was wünschen Sie sich zum Abendbrot: Wurst, Käse, Jogurt?" Ich hob die Hand mit dem Zeigefinger hoch.

„Käse", sagte die Schneemann-Frau und kreuzte in ihrer Mappe an. Ich hatte die Lust verloren, weitere Fragen zu stellen. Meine Zeigefingermethode funktionierte sehr gut. In fünfzehn Minuten waren wir fast durch und als ich völlig erschöpft bei der letzten Auswahl für das Frühstück: „Welches Brot möchten Sie haben: Körnerbrötchen, Weizenmehlbrötchen, Schrotbrötchen?" vom Zeige- zum Mittelfinger wechselte, notierte Frau Schneemann völlig unbeeindruckt „Nummer drei: Schrotbrötchen".

Die Strapazen der Essensauswahl führten dazu, dass ich wieder völlig schlapp wurde, und als Frau Schneemann sich meiner Nachbarin näherte „Was würden Sie zum Mittagsessen aussuchen …", fiel ich in das Schlafloch am Meeresstrand.

Ich nahm kaum wahr, dass Schwester Silke das ausgesuchte Menü zuerst neben meinem Bett aufgestellt, dann wieder weggebracht hatte. Als Silke vorsichtig meinem Blutdruck maß, fragte ich leise: „Was haben die mit mir gemacht?"

„Alles gut", sagte Silke lachend und schaute auf das Blutdruckmessgerät. „Morgen kommt die Ärztin und wird alle Ihre Fragen beantworten." Beruhigt schlief ich wieder ein. Anscheinend war es falsch, unter der Narkosemaske auf Russisch zu zählen, ich hatte zu viel inhaliert. Die deutschen Zahlen sind viel kürzer von der Aussprache her.

Mitten in der Nacht wurde ich endgültig wach. Ich öffnete die Augen und hörte deutlich die schlafenden und schnarchenden Nachbarinnen und noch einen unruhigen, lebendigen Atem in meiner unmittelbaren Nähe. Ich drehte den Kopf und sah im flackernden Licht des Notlämpchens Frau Voitalla. Sie saß neben mir auf dem Stuhl und hatte ihren Hut und die Tasche dabei.

„Warten Sie auf den Bus?", fragte ich Sie höflich, um den Faden von unserem letzten Gespräch wiederaufzunehmen.

„Um Gottes Willen, gnädige Frau. Sind Sie verrückt geworden?

Wir sind doch im Krankenhaus", wies mich Frau Voitalla entschlossen zurück.

Da fühlte ich mich blamiert. Die Frau war komplett in Ordnung.

„Entschuldigung", sagte ich leise. „Ich bin noch unter Narkose. Ich wurde heute operiert und weiß noch gar nicht, was mir weggenommen wurde", vertraute ich ihr meine Sorgen an.

„Ich verstehe Sie", sagte sie verständnisvoll, „Und ich habe heute entbunden. Hier ist mein Baby, schauen Sie", und sie streckte mir ihre große Tasche entgegen. Ich atmete tief durch. Was konnte ich machen? Die Nacht war lang und wir beide, Frau Voitalla und ich, hatten Zeit. So sprach jeder von uns über seine eigenen Probleme, ohne einander nur im Geringsten zu stören.

Als Silke sie nach einigen Stunden endlich bei mir fand, sang mir Frau Voitalla ein polnisches Gutenachtlied und ich unterstütze sie mit meiner krächzenden, mir selbst nach der Narkose völlig fremden Stimme.

Nach der durchgesungenen Nacht und einem kalorienreichen Frühstück mit ausgesuchtem „Mittelfingerbrötchen" schlief ich plötzlich ganz tief ein. Mich weckte eine neue Schwester mit einem jungen und frischen Gesicht.

„Haaallo", sagte sie freundlich mit einer Glöckchenstimme, die wie ein Gesang klang. „Ich heiße Lena. Ich bringe gleich Ihr Mittagessen. Haben sie gut geschlafen?"

„Mittagessen?", fragte ich noch schlaftrunken. „Wo ist die Ärztin? Ich wollte sie wegen meiner OP fragen."

„Die Ärzte sind schon lange weg", sagte meine Nachbarin, mit vielen Verwandten, die jetzt im Sportanzug auf dem Bett saß und ihr Tablett mit dem Mittagessen bearbeitete. Sie sah noch relativ jung aus, Mitte dreißig. „Sie haben mich entlassen", fügte sie gehässig hinzu. „Das ist nicht zu fassen. Eierstock rausgeschnitten und nach zwei Tagen wieder nach Hause geschickt."

„Alles in Ordnung?", tröstete mich Schwester Lena, die mein erschrockenes Gesicht sah. „Ihr Blutdruck ist völlig in der Norm." Sie schälte schnell die Druckmanschette von meinem Arm ab.

„Wann kommt die Ärztin wieder?", konnte ich nur quäken.

„Moo-oorgen. Sie kommen mooo-oorgen wieder", sang Schwester Lena mit ihrer gesunden jungen Stimme.

„Morgen?", ich sank in meinem Bett zusammen.

„Moooo-oorgen", äffte meine Nachbarin im Sportanzug Lena nach. „Moooo-oorgen werde ich schon wieder selber kochen müssen. Ich dachte, ich werde mindestens eine Woche hier sein. Eierstock weg für nichts. Für die läppischen zwei Tage."

Meine zweite Nachbarin beteiligte sich nicht an diesem Gespräch. Ich konnte sie aus meiner Liegeposition gut sehen. Ihr Bett stand gegenüber von meinem. Sie war um die vierzig, blond, mit Brille und etwas nach vorne herausragenden Zähnen. Sie befasste sich äußerst konzentriert mit ihrer Mahlzeit. Nachdem sie die Suppe ziemlich aufmerksam gegessen hatte, fing sie an, ihr Brötchen zu schmieren, zunächst die eine Hälfte, dann noch länger und glatter die andere. Ich wollte sie fragen, was bei ihr operiert wurde, diese Frage brannte mir regelrecht auf der Zunge, aber ich konnte ihr genussvolles Essen nicht unterbrechen. Um überhaupt etwas zu tun, versuchte ich, mich hinzusetzen. Unter dem Krankenhaushemd fand sich etwas Komisches, das meine Bewegungen ausbremste. Ich schaute durch die Halsöffnung hinein und schauderte. In meinem Bauch steckte

ein durchsichtiges Plastikrohr, das in einem Paket mit einer rot-gelben Flüssigkeit endete.

„Ich werde sterben", dachte ich und hörte gleichzeitig die Stimme der Brillennachbarin.

„Das machen sie bei jedem. Die Flüssigkeit wird direkt aus der Bauchhülle abgeführt, um den Heilungsprozess zu beschleunigen", sagte sie mir freundlich.

„Sind Sie eine Ärztin?", fragte ich voller Hoffnung.

„Nein. Ich bin Steuerfachgehilfin."

„Was haben sie denn bei Ihnen gemacht?", platzte ich mit meiner längst vorbereiteten Frage heraus.

„Sie haben mir die Gebärmutter und Eierstöcke entfernt", sagte die Brillenträgerin seelenruhig.

„Oh, das ist wirklich krass!", mischte sich der Sportanzug ein.

Mir wurde schwarz vor Augen.

„Sie haben bestimmt schon Kinder", sagte ich mitleidig, im Versuch sie wenigstens zu trösten.

„Nein." Die Brillenträgerin lächelte mich an. „Aber ich wollte auch nie welche."

Der Sportanzug mit vielen Kinder schnaubte nur abfällig. Die Brillenfrau schenkte ihr keine Aufmerksamkeit.

„Aber das war auch nötig", erzählte sie mir weiter. „Das hat die Ärztin mir heute erklärt."

In mir schrumpfte alles zusammen. Ich wollte noch etwas fragen, aber konnte keinen Mucks mehr herausbringen. Angst hatte meine Zunge vereist. Was, wenn sie mir auch kompletten Reproduktionsorgane entfernt hatten? Ich hatte mit meiner Unterschrift doch alles bewilligt! Dann werde ich wohl nie meine eigene Anna und meinen eigenen Alex bekommen können. Ich war sprachlos.

Die Tür öffnete sich und Schwester Lena flog herein mit ihrem gesunden jungen Körper, die Glöckchenstimme und freundlichem Lächeln.

146

„Haben Sie gut gegessen, Frau Stern?", fragte sie die Brillenfrau.

„Ach, super. Vielen Dank. Ich mag es so sehr! Dieses Essen und die Auswahl. Ich warte schon wieder auf das Abendbrot", sagte die Steuerberaterhilfe zufrieden und lächelte Lena an. Der Sportanzug gab Lena ihr Tablett, ohne sich zu bedanken.

„Sie haben doch gar nichts gegessen, Frau Ionesku", beugte sich Lena zu mir. Ich klammerte ihre Hand fest.

„Ich muss die Ärztin sprechen. Sofort!", zischte ich in Lenas freundliches Gesicht. „Ich muss sofort wissen, was sie mir rausgeschnitten haben! Verstehen Sie?"

Lena befreite geschickt ihre Hand aus meiner Umklammerung und sagte mit dem Lächeln, das jetzt etwas schief auf ihrem Gesicht hing.

„Beruhigen sie sich, Frau Ionesku. Natürlich hole ich sofort die Ärztin". Ihre Stimme wurde viel tiefer und durchringender als zuvor. Sie schritt schleunigst zur Tür und kam ein paar Minuten mit einer Schachtel Tabletten zurück.

„So", zusammen mit den Tabletten hatte Lena draußen wohl ihr Lächeln wiedergefunden, „nehmen Sie jetzt diese Tabletten, solange ich unsere Ärztin suche", sagte sie mit ihrer gut beherrschten Glöckchenstimme.

„Was sind das für Tabletten?", fragte ich misstrauisch.

„Diese Tabletten wurden Ihnen von der Ärztin verschrieben", sagte Lena, „sie fördern Ihren Heiluuungproo-oozess", beendete sie ihre Auskunft zusammen mit meinen Nachbarinnen in einem Trio.

„Wann kommt dann die Ärztin?" Ich wollte trotz der hereingewürgten Tabletten nicht aufgeben. „Ich habe viele Fragen an sie".

„Ich werde sie gleich hoo-oolen", sang Lena beruhigend. „Sie können so lange alle Ihre Fragen aufschreiben. Ist das keine gute Idee?"

„Aufschreiben?" Das machte mich wach. Schreiben, das funktionierte bei mir immer gut. „Okay", gab ich nach. „Ich werde solange meine Fragen aufschreiben."

Lena holte mir einige weiße Blätter Druckerpapier und einen Stift. Ich vertiefte mich in die Arbeit.

Frage Nr. 1: „Was wurde bei mir gemacht?" habe ich durchgestrichen. Lieber: „Was wurde bei mir rausgeschnitten?" Nein.

Vielleicht haben sie mir auch gar nichts rausgeschnitten, dann ist die Frage völlig falsch. Nein. Aber warum steckt da ein Rohr in meinem Bauch?

Die Fragen überfüllten meinen Kopf, konnten aber auf Papier keinen richtigen Ausdruck finden. Diese Arbeit nahm mich ganz mit. Als ich fertig war, machte meine Brillennachbarin ein Mittagsschläfchen, der Sportanzug war schon mit seinen Sachen weg.

Die Tabletten entfalteten langsam ihre Wirkung. Die brennenden Fragen, die ich nach langem Hin und Her auf das Papier gebracht hatte, schienen nun nicht mehr so brennend zu sein. Die Krankenhausroutine hatte mich endgültig verschluckt. Ich wartete geduldig auf die Ankunft der Ärztin, die mir Lena vor Stunden versprochen hatte.

Als Lena das Abendessen brachte, schnitt ich mein Brötchen in zwei Hälften und strich zunächst die eine und dann die andere Seite fast so lange wie meine gebärmutterlose Brillennachbarin.

„Wer weiß", dachte ich träge, „vielleicht habe ich jetzt auch keine mehr." Ich stellte Lena keine Fragen, doch sie kam zu mir und sagte: „Frau Ionesku, es tut mir leid, dass es heute nicht geklappt hat. Unsere Ärztin kommt morgen mit der Untersuchung um zehn Uhr zu Ihnen".

„Danke", sagte ich lustlos und schlief sofort ein. In der Nacht, als mich fast schon gewohnheitsmäßig Frau Voitalla weckte, drückte ich sofort auf den roten Knopf und ließ sie von einer neuen Schwester abholen, deren Figur ich mir gar nicht merkte.

Am Morgen, gut ausgeschlafen, holte ich ein frisches Blatt und formulierte fünf knappe und präzise Fragen. Ich fühlte mich viel besser. Langsam konnte ich schon ohne Hilfe aufstehen und zur Toilette in unserem Zimmer gehen. Das nahm einige Zeit in Anspruch, funktionierte aber gut. Ich putzte mir die Zähne, kämmte mein Haar und pünktlich um neun Uhr saß ich an meinem Bett. Ich schaute unentwegt auf die Tür und wartete geduldig auf die unerreichbare Ärztin.

„Schließlich warten alle Menschen auf irgendetwas", beruhigte ich mich. „Die Gläubigen warten auf ein Leben nach dem Tod, die Kinder auf die Schulferien, die Schwangeren warten neun Monate lang auf ihr Baby …"

Der letzte Gedanke löste einen Krampf in mir aus. Plötzlich musste ich ganz dringend aufs Klo. Ich schaute auf die Uhr. Die zeigte 09.30 Uhr.

„Das schaffe ich noch locker", dachte ich und nahm meinen Weg Richtung Toilette. Ich erledigte mein Geschäft und versuchte mich dabei nicht allzu stark anzustrengen, damit das Rohr aus meinem Bauch nicht herausfiel, dann wusch ich mir die Hände, kämmte die Haare und fast glücklich, voller Erwartungen, kam ich wieder heraus.

Als ich zu meinem Bett kam, sah ich, dass meine Brillennachbarin ihre Sachen aus dem Schrank räumte.

„Fahren Sie weg?", fragte ich.

„Ja, ich fahre nach Hause. Habe gerade eine Entlassung bekommen."

„Von wem?"

„Von der Ärztin".

„War sie hier?"

„Ja. Gerade als Sie zur Toilette waren."

„Was?", schrie ich auf. „Sie war schon hier? Um halb Zehn? Warum haben Sie sie nicht aufgehalten? Sie wussten doch, dass ich sie sprechen muss!" Ich erstickte vor glühender Wut.

Meine Nachbarin zuckte nur mit den Schultern.

„Wie sollte ich sie denn aufhalten? Ich sagte, dass Sie gerade auf der Toilette sind und sie meinte, sie käme später ..."

Aber ich hörte sie nicht mehr. Die Ärztin war doch eben hier gewesen, also konnte sie noch nicht weit sein. Mit meinen wackelnden Entenschritten eilte ich zur Tür. Entlang der Korridorwand war eine eiserne Stange angebracht, deren Bedeutung mir erst jetzt klar wurde. Ich klammerte mich an der Stange fest und zog meinen verwundeten Körper nach vorne.

„Halt! Stopp", rief ich laut. „Sie können doch nicht weglaufen! Ich muss doch endlich wissen ..."

Der weiße Kittel am Ende des Ganges entfernte sich von mir. Die unerreichbare Ärztin war zu schnell für mich! Wenn ich so fit wäre wie vor drei Tagen, als ich hierher kam, hätte ich sie im Nu eingeholt, aber jetzt war ich ein Wrack, eine Routine, eine verdammte kinderlose Frau. Hilflos hing ich an der eisernen Stange und fluchte schrecklich. Ich holte aus meinem Gehirn alle miesen Sprüche, die ich je gehört habe und wunderte mich selbst über deren Vielfalt, denn bis dahin hatte ich nie die Notwendigkeit gehabt, sie alle auf einmal zu benutzen. Mein Gedächtnis reproduzierte die unmöglichsten Kombinationen aus allen mir bekannten Sprachen, wobei russische Flüche deutlich die Überzahl behielten.

„Das ist aber ein gewaltiges Stück Ärger", sagte plötzlich jemand auf Russisch. Ich schrak zusammen. Neben mir stand ein

Mann mit dem Putzwagen. Sein Bart wies leichte weiße Strähnchen auf, war sonst aber noch ziemlich schwarz. Er sah aus wie Osama Bin Laden in seinen jungen Jahren, also ziemlich „unrussisch".

„Wollen Sie vielleicht zurück zu Ihrem Zimmer?", fragte er mich. Ich nickte. Mein Wutausbruch nahm mir alle meine Kräfte und ich hing dankbar an seiner Hand. Er öffnete die Tür und meine Brillennachbarin quetschte sich gerade in den Spalt.

„Tschüss und alles Gute", wünschte sie mir und zog ihren kleinen Koffer hinterher. Der Bin-Laden-Putzmann sagte ihr „Danke und gute Besserung" und schob mich und seinen Wagen in das Zimmer herein. Ich setzte mich auf das Bett und versteinerte. Ich war wie eine Salzsäule, hart und bitter. Der Putzmann machte unterdessen seine Arbeit. Mit wenigen schnellen Bewegungen reinigte er das Zimmer und war schon wieder abflugbereit. Er schob seinen Putzwagen in Richtung Tür, doch dann kam er noch mal zu mir.

„Geht es Ihnen nicht gut?"

„Mir wurden alle inneren Organe entfernt", sagte ich tonlos.

Er lachte laut. „Das glaube ich aber nicht", sagte er und holte sich etwas von meinem Bett. „Ihnen wurden bloß die Zyste und der Blinddarm entfernt."

„Woher wollen Sie das wissen?", fragte ich automatisch, ohne eine Antwort zu erwarten.

„Steht alles auf Ihrer Karte Frau Jana Ionesku."

„Geben Sie her!", rief ich laut und er streckte mir die Mappe entgegen. „Lapo, rapo. Ich verstehe das nicht. Ich kann das überhaupt nicht lesen." Ich streckte ihm die Mappe wieder entgegen.

„Bei Ihnen wurde ein laparoskopischer Eingriff gemacht. Bei der Laparoskopie werden mit Hilfe von optischen Instrumenten

Eingriffe innerhalb der Bauchhöhle vorgenommen. In den meisten Fällen erfolgt der Zugang über einen kleinen Hautschnitt in Bereich des Nabels", sagte der Putzmann in seinem gut verständlichen Russisch zu mir.

In den nächsten zehn Minuten bekam ich alle meine Fragen einwandfrei beantwortet und wusste jetzt, was bei mir gemacht worden war.

„Wow", war das einzige, was ich danach sagen konnte. „Sind alle Putzleute hier so informiert?" Er lachte wieder und zeigte dabei seine glatten weißen Zähne. Er konnte sehr gut lachen.

„Das würde ich nicht behaupten. Nicht alle."

„Woher kommen Sie denn?"

„Aus Damaskus."

„Woher zum Teufel kennen Sie sich mit russischen Flüchen aus?" Er lachte schon wieder und ich konnte nicht widerstehen und lachte mit ihm zusammen.

„Ich habe sechs Jahre in Moskau Medizin studiert. Jetzt versuche ich mein Diplom anerkennen zu lassen und arbeite solange als Reinigungskraft."

„Alles klar", sagte ich. „Danke. Sie haben mir sehr geholfen."

„Keine Ursache. Habe ich gerne gemacht. Ist ja schließlich mein Beruf."

Er verabschiedete sich von mir und rollte seinen Wagen heraus.

Fünf Minuten später kam die unerreichbare Ärztin zu mir. Sie tastete meinen Bauch ab, zog das Rohr heraus und klebte ein kleines Pflaster auf das Loch.

„Haben Sie Fragen, Frau Ionesku?", erkundigte sie sich freundlich.

„Haben Sie mich operiert?", holte ich schnell aus. Das war die einzige Frage, die noch unbeantwortet geblieben war.

„Nein", sagte sie, „das waren meine Kollegen.".

„Danke", sagte ich. „Ich habe keine weiteren Fragen."

Die Woche darauf konnte ich zu Hause schon wieder mit Anna und Alex spielen. Das kleine Loch in meinem Bauch heilte sehr schnell und nach einem halben Jahr war es kaum noch zu sehen.

Zwei Wochen nach meinem Krankenhausbesuch bekam ich die Rechnung über dreitausend Euro, die ich an meine Versicherung senden sollte. Ich dachte dabei: Wie viel davon ging wohl an die gestresste Ärztin vom Dienst, Frau Koslowski, die mich trotz vieler Anrufe richtig untersucht hatte, wie viel an die netten Krankenschwestern Heike, Silke und Lena, an die unermüdliche Schneemann-Frau, an den Reinigungsmann aus Damaskus, der mich aufgeklärt hatte, wie viel an die unerreichbare Ärztin, die ich so sehnlich erwartet hatte? Die einzige Frage, die mir keiner beantworten konnte, blieb stehen. Welcher aus dem Kreis der besten Ärzte der Welt hatte mich tatsächlich operiert?

Das Leben
ohne
Kinder

Das Leben ohne Kinder

Meine Hände zittern, der Schlüssel will nicht in das Schlüssel-loch passen. Endlich: die Tür öffnen, wieder schließen, das Kleid hoch und auf die Toilette. Gott sei Dank! Jetzt darf ich loslassen.

Fast mitten auf der Straße hat es mich erwischt. Ich befürchte, ich werde das bald nicht mehr schaffen, so lange wegzubleiben. Das wird es dann wohl mit dem Einkaufen sein. Ich will nicht ganz auf die Pflege angewiesen sein, sonst stecken sie mich doch noch ins Heim. Ich kann selbst zum Supermarkt. Das dauert zwar lange, aber gehen und ein paar Joghurts tragen kann ich noch. Wenn nur nicht diese Blasenschwäche gewesen wäre. Der Doktor hatte mich schon davor gewarnt, ohne Windel rauszugehen.

Ich taste vorsichtig an der Unterhose. Die ist nass. Ich muss mich umziehen. Ich streife die Unterhose ab, spüle sie im Wasch-becken durch und hänge sie direkt im Gäste-WC auf die Heizung. Nicht schlimm. Wer soll mich jetzt noch besuchen? In der letz-ten Zeit haben das nur die Sonnenstrahlen und die neugierigen Spinnen aus dem Garten gewagt. Ich muss jetzt hoch auf die erste Etage, um frische Unterwäsche zu holen.

Ich steige die Treppen rauf. Stufe für Stufe. Das wird jeden Tag schwieriger. Wenn es gar nicht mehr geht, muss ich irgendwann im Erdgeschoss schlafen. Zunächst ein Bein auf die Stufe, dann das Gewicht verlagern, dann das zweite Bein, wie ein Bergsteiger. Wie oft bin ich diese Treppe rauf- und runtergelaufen. Hunderte, tausende Male …

„Marie, wo sind deine Pantoffeln? Auf der ersten Etage. Warte, ich hole sie dir.“

„Nicklas, hör jetzt aber endlich auf mit dem Spielen. Wir war-ten alle unten auf dich!“

„Jerry, ich habe dir das Hemd auf den Dachboden in dein Büro aufgehängt."

„Rosie, weine nicht. Ich weiß, wo es liegt. Ich habe es im Waschkeller gesehen."

Stufen, Stufen, rauf und runter, jeden Tag, jahrelang. Stimmen, Stimmen, meine Lieblingsstimmen. Dieses Haus war voller Stimmen. Und jetzt? Meine selbständigen, klugen, erfolgreichen Kinder sind weit weg. Auf der ganzen Erdkugel verteilt. Natürlich sehen wir uns. Sogar oft. Auf dem spiegelfreien Glas meines Bildschirmes. Wir machen „Konferenzen". Ich kenne alle meine Enkelkinder. Ich bin sogar Uroma geworden. Man hat mir ein Päckchen hinter dem entspiegelten Glas gezeigt. Wie schön! Ich musste lachen. Uroma. Ich habe Ähnlichkeit mit einem Dinosaurier. Nicht etwa groß und stark, sondern versteinert und verstaubt. So bin ich für sie. Eine weit entfernte Reliquie.

„Mama, wie geht es dir?", fragen mich meine großen Kinder geschäftig und wollen die Wahrheit nicht wissen.

„Wie soll es mir gehen? Mir geht's prima!" Ich sitze mit geradem Rücken vor dem Bildschirm, frisiert und gekleidet. „Sagt lieber, wie es euch geht. Was macht die Arbeit?"

Stress, Verantwortung und wieder Stress. Natürlich haben meine Kinder keine Zeit, mich zu besuchen. Die sind weit weg, arbeiten und sorgen für ihre Familien. Und mir geht's doch prima. Rosie, meine Älteste, wollte mich zu sich holen, aber ich will mein Haus nicht verlassen.

Angekommen. Atmen. Noch mehr atmen. Ich trete in unser Schlafzimmer. Ah, Jerry, zwanzig Jahre bist du schon tot und für mich ist das immer noch unser Schafzimmer. Ich habe alle deine Sachen aufbewahrt. Wenn ich unseren Schrank öffne, spüre ich noch deinen Geruch. Wie kann ich denn von hier wegziehen?

Niemals. Ich hole meine Unterhose aus der Kommode und beginne meinen Weg nach unten. Das dauert noch länger und ist noch gefährlicher als der Weg nach oben.

Im Wohnzimmer angelangt, bleibe ich in der Mitte stehen. Alles hier sind meine Schätze. Jeder Gegenstand, jedes Bild. Ich kann mich so gut an alles erinnern, als ob es gestern gewesen wäre. Ich fange immer wieder meinen Spaziergang an, von der linken Ecke des Wohnzimmers in die rechte, entlang der Wand. Hier haben wir mit Jerry jahrelang unsere Fotos aufgehängt. Jeder Bildrahmen, jedes Foto: ein Stück meines Lebens.

Hier auf dem kleinen schwarz-weißen Foto. Da bin ich erst achtzehn: frisch, jung, noch nicht verliebt. Das war kurz nach dem Krieg. Ich trage ein Sommerkleid und lache, ganz anders als meine Mutter und meine ältere Schwester Hilde. Sie lachen nicht, Mutters Stirn ist in Falten gelegt, die Mundwinkel sind nach unten gezogen. So blieb sie auch in meiner Erinnerung: streng, kalt, unnahbar. Meine Schwester sagte, dass sie vor dem Krieg ganz anders war, als mein Bruder und mein Vater noch lebten. Ich konnte mich nie an diese Zeit erinnern. Mein Bruder ist im Krieg geblieben und mein Vater in der Gefangenschaft. Die Fotos von den beiden hatte meine Mutter verbrannt, aus Angst vor der Besatzung. Beide wurden in Uniformen fotografiert.

Und hier auf dem Foto stehe ich mit meinen beiden besten Freundinnen, Anne und Lise, vor unserer Schule, alle lächelnd, jung und dünn. Man nannte uns später „Trümmerfrauen", was für ein Quatsch. Wir waren „Träumerfrauen". Wir haben den Krieg überlebt. Es konnte nichts Schlimmes mehr passieren, wir waren glücklich und voller Hoffnung.

Und diese Hoffnung kam später höchstpersönlich in unser Dorf. Die Amerikaner wurden in der Nähe stationiert und erschienen bei unseren Tanzabenden. Wie schön sie alle waren! Wie stark haben sie sich von unseren Männern unterschieden, von denjenigen, die den Krieg überlebt hatten oder nach der Gefangenschaft zurückgekehrt waren. Unsere Männer, ob jung oder alt, sie blickten so erloschen. Nicht, dass sie nicht reden oder laufen konnten, aber sie waren auch nicht lebendig, als ob ihnen jemand ihre Seelen genommen hätte. Die Amerikaner waren lustig, sie haben viel gelacht und konnten auch gut tanzen. Sie kamen oft zu uns, aber bis zu dem Abend hatte keiner unsere Mädchen eingeladen. Wir standen immer links und Amerikaner rechts. An dem Tag hat sich alles entschieden. Ich habe keine Fotos davon, aber es hat sich alles in meinem Herzen abgelichtet, besser als bei einem Schnappschuss. Jerry trennt sich von der Gruppe der Soldaten, tschik!, er geht über die Tanzfläche zu uns, tschik!, er kommt zu unserer Mädchengruppe, tschik!, er lädt mich ein. Stopp!

Das ganze Dorf hält den Atem an. Er ist ein Amerikaner, groß, lachend und schwarz. Ich sehe ihm direkt in die Augen, strecke ihm meine Hand entgegen. Wir gehen auf die Tanzfläche. Das erste Paar. Als Jerry seine Hand um meine Taille legt und mich etwas zu sich zieht, atme ich seinen Geruch ein und weiß, dass ich ein Leben lang mit ihm tanzen will.

Alles kommt schneller als ich je dachte, das wütende Gesicht meiner Mutter: „Du verfluchte Niggerschlampe, du hast die Erinnerungen an deinen Vater in den Dreck gezogen!"

„Er ist kein Nigger, Mutter. Er ist ein Katholik und mein Bräutigam."

Verriegelte Tür. Meine Schwester weint und schaut aus dem Fenster auf uns. Wir heiraten, Jerry bekommt einen Job und wir ziehen aus dem Dorf in die Großstadt.

Ich bewege mich weiter.

Die Rahmen werden größer, die Fotos farbiger. Hier sind wir beim Bauen. Nach jahrelanger Miete endlich unser eigenes Heim. Unsere Gartenbäume sind so klein. Sie reichen Jerry bis kaum zum Gürtel. Davor steht unsere kleine Rosie. Auf dem nächsten Foto steht sie schon mit ihrer jüngeren Schwester Mary im Garten. Beide in weißen Kleidchen. Die Bäumchen so groß wie Jerry, der hinter den beiden Töchtern steht. Rosie ist besonders hübsch angezogen und hält die Tüte in der Hand, aber an den Tag erinnerte sie sich nicht gern. Sie war die einzige Farbige in der Schule und wurde gehänselt. Ich weine abends lange und verstehe nicht, warum Menschen so böse sind. Ich will wegfahren, nach Amerika, zu Jerrys Familie.

„Oh, Darling", versucht er mich zu beruhigen. „Es ist überall das Gleiche. Wenn man anders ist, hat man es nicht leicht. Mach dir keinen Kopf. Unsere Kinder werden stark. Das wird sie nicht umbringen."

Ja, du hattest recht, Jerry. Unsere Kinder sind stark geworden. Sie haben alles erreicht, was sie wollten. Sie sind in die weite Welt gezogen und dort geblieben, genauso wie du. Und ich? Ich bin immer noch da, wo du mich gelassen hast. Neben unseren Fotos.

Ich muss jetzt aufpassen, dass ich nicht zu lange neben einem Bild stehenbleibe. Manchmal habe ich das Gefühl, dass es mich einsaugt. Ich verliere dann jegliches Zeitgefühl und weiß nicht mehr, in welcher Zeit ich tatsächlich lebe. Das ist mir schon ein paar Mal passiert.

Ja, an dieses Foto kann ich mich besonders erinnern. Rosie ist fast zwölf, sie hat einen der besten Grundschulabschlüsse und viele Freundinnen, sie wechselt ins Gymnasium und unsere Mary wird bald eingeschult. Wir ziehen uns ordentlich an und gehen ins Fotoatelier. Die Mädchen mit weißen Bändern in den Zöpfchen, ihre Haare reichen endlich dafür. Wir sitzen brav, die Mädchen vorne, ich mit Jerry hinten. Auf seinem Arm unser neues Glück, Baby Nicky, unser Sohn, süß und niedlich. Wir sehen auf dem Foto so glücklich aus, dass ich mich plötzlich entscheide, meiner Mutter einen Brief zu schreiben. Ich setzte mich an den Tisch und schreibe die liebsten Wörter, die mir in den Sinn kommen. Ich lade sie und meine Schwester ein, uns zu besuchen, und lege das frische Foto in den Briefumschlag. Als die Antwort kommt, macht mein Herz einen Sprung. Meine Mutter hat nachgegeben. Nach so vielen Jahren voll Kälte und Entfremdung. Ich öffne vorsichtig den Briefumschlag, nichts ist zu sehen. Ich schüttle ein bisschen und dann … Bis jetzt schaudert mich, wenn ich an diesen Moment denke. Aus dem Brief von meiner Mutter fallen unsere Gesichter heraus: Zerrissen, zerkleinert, ruiniert. Ich weine so laut, dass sich die Kinder erschrecken und Jerry sie nach oben bringt. Man ist nie böse genug.

Dieses Foto im runden Rahmen bringt mich immer zum Lachen. Wir sind auf dem Bauernhof, und Jerry zeigt den Kindern, wie man reitet. Er sitzt so fest im Sattel und wird zum Helden des Dorfes. Wir hatten dort wunderschöne Ferien gehabt. Auf dem Foto sitze ich auf dem Pferd und Jerry hält es mit der linken Hand an der Leine, seine Rechte wandert gleichzeitig unter mein Kleid und streichelt mir zärtlich die Hüfte. Ich habe Angst, dass Rosy, die das Foto macht, das bemerkt und habe auf dem Bild ein erschrockenes Gesicht. Die Kinder dachten immer, dass ich Angst vor Pferden hätte.

Und hier ist das Foto von meinem Geburtstag. An dem Tag hat Jerry mir ein sehr hübsches und sehr teures Kleid geschenkt. Wenn ich kurz die Augen schließe, sehe ich ihn direkt vor mir.

„Wie sehe ich denn aus?", frage ich etwas kokett und glätte mein

Kleid über den Hüften, der erzielten Wirkung wohl bewusst.

„Du siehst umwerfend aus …", sagt er und zieht mich an sich heran. Er umarmt mich fest und küsst leidenschaftlich, wie es nur Jerry kann. Ich spüre seinen rasenden Herzschlag und seine Erregung, „… und riechst noch besser", flüstert er mir ins Ohr und trennt sich nur mit Mühe von mir.

„Später", verspricht er mir schwer atmend und in meinem Bauch flattern die Schmetterlinge vor Aufregung. „Erst kommt die Überraschung. Die Kinder haben etwas für dich vorbereitet."

Ich setze mich auf den Stuhl und warte. Bald poltern viele Füße die Treppe hinunter. Eine ganze Prozession kommt herein. Als Erste unsere Mary, dann die dreizehnjährige Rosie mit unserem Nesthäkchen Nicklas. Rosie fängt mit den Glückwünschen an. Sie nimmt ihre Rolle als große Schwester sehr ernst und versucht immer vernünftig zu bleiben.

„Mama, ich habe ein Gedicht für dich geschrieben", kündigt sie an und liest vor:

„Liebe Mama, ich habe dich so lieb,
Weil du immer für mich da bist,
Weil du meine Wünsche nicht vergisst,
Selbst wenn ich die vergesse.
Ich wünsche dir Gesundheit und Glück
Dass wir immer zusammen sind und kein Krieg ausbricht.
Dass du niemals weinen musst
und uns abends immer küsst."

„Danke, Rosie. Das ist ganz, ganz lieb von dir!" Ich küsse mein kluges Mädchen und dann ist Marie dran.

„Mama, ich habe ein Bild für dich gemalt." Marie, der Wirbelwind, unsere Mittlere, die ständig bereit ist, um Aufmerksamkeit zu kämpfen, klettert auf meinen Schoß und zeigt mir das Bild, auf dem zwei große Figuren zu sehen sind.

„Das ist unsere Familie", sagt Marie überzeugt.

„Danke, Marie", sage ich und will wissen, wer auf dem Bild zu sehen ist.

„Das bist du", zeigt Marie auf eine Figur, „und du hast Flügel, weil du eine Fee bist. Und das bin ich", zeigt sie auf die andere, „ich bin die Prinzessin und trage eine Krone."

„Und wo sind die anderen?", frage ich vorsichtig.

„Rosie ist in der Schule", zählt Marie auf, „Nicki schläft und Papa ist noch bei der Arbeit."

„Danke, mein Schatz", sage ich und küsse sie schnell, bevor sie weg ist. „Ein sehr schönes Bild."

Marie stellt sich neben Rosie an und jetzt ist Nicklas dran. Unser Zweijähriger eilt zu mir mit einer in Geschenkpapier eingehüllten Überraschung.

„Mami", sagt er stolz und überreicht mir sein Päckchen.

„Danke, Nicki", nehme ich sein Geschenk an und packe es langsam aus.

Nicki steht neben mir und ist genauso neugierig, wie ich. Ich entferne das Geschenkpapier und auf meinem Schoß liegt eine Windel. Eine neue saubere Windel.

„Eine Windel, Nicki? Danke."

„Winny!" Nicki ist mit mir einverstanden. Ich spiele Verwunderung.

„Nicki, was soll ich mit der Windel machen? Soll ich sie wegschmeißen? Ist sie stinkig?"

„Nee, nee", sagt Nicki und strahlt. Jetzt kommt der Moment, auf den wir alle warten.

„Nicki pipi To", das ist der längste Satz, den er bis jetzt gesagt hat.

„Nicki hat ins Töpfchen gemacht?", wiederhole ich ungläubig.

„Nicki pipi To!", strahlt er voller Begeisterung zurück.

„Du schenkst mir eine Windel, weil du sie nicht mehr brauchst? Nicki geht jetzt aufs Töpfchen?", vertone ich seine Idee und er nickt energisch mit dem Kopf.

„Bravo Nicki!" Ich klatsche laut.

„Bravo Nicki!", rufen alle und klatschen. Nicki ist außer sich vor Freude. Er klatscht auch mit den Händen, biegt seine Beinchen und springt hoch und runter.

„Nicki pipi To! Nicki pipi To!", schreit er laut. Er geht in die Halbhocke und dreht sich in den Kreisen und ist völlig aus dem Häuschen. Wir applaudieren ihm bei seinem Freudentanz.

Dann gehen wir in die Küche und essen die Geburtstagstorte. Mmh, ist sie lecker! Dann spielen wir und singen und tanzen und eigentlich sollten die Kinder schon längst im Bett sein, aber Jerry überredet mich zum allerletzten Tanz.

Das ist unsere Lieblingsmelodie, ich schmiege mich an ihn und atme seinen Geruch ein. Wie schafft er das? Nach fünfzehn Jahren Beziehung und drei Kindern immer noch so verführerisch zu riechen? Jerry versenkt sein Gesicht in meinem Haar. Wir sind so miteinander beschäftigt, dass wir den Moment verpassen, wo es kracht. Nicklas schreit, Marie lacht und Rosie versucht die beiden zu beruhigen.

„Was ist los Kinder?"

Marie krümmt sich vom Lachen und zeigt mit dem Zeigefinger auf Nicklas.

Rosie sagt beschämt „Nicki hat in die Hose gemacht und Marie lacht ihn aus."

Jerry nimmt die hysterisch lachende Marie auf den Arm und steigt mit ihr die Treppe hoch zum Badezimmer. Rosie folgt ihnen. Nicki steht in der Mitte vom Wohnzimmer in einer Pfütze.

Seine Hose ist nass, sein Gesicht verzerrt, seine Hände zu kleinen Fäustchen zusammengeballt.

Ich gehe neben ihm in die Hocke.

„Komm her, Nicki. Es ist nicht schlimm."

„Nicki pipi To", sagt er klagend.

„Ich weiß, ich weiß, dass du aufs Töpfchen gehen kannst. Es ist eben nur so passiert. Es ist nicht schlimm."

„Nicki pipi To", sagt er traurig und ich verstehe, dass es wirklich eine echte Tragödie für ihn ist. Ich nehme ihn auf den Arm und ziehe ihm die nassen Hosen aus. Er legt sein Köpfchen auf meine Schulter.

„Nicki pipi To", murmelt er immer noch in mein Ohr. Mit einer einzigen Bewegung streichle ich sein Köpfchen, seinen Rücken und den nackten Po. Seine Haut ist weich und glatt, wie Seide.

„Es ist gut, alles ist gut Nicki."

„Nicki pipi …", sagt er ruhiger und ich fühle, wie die warme Flüssigkeit meine Beine hinunter strömt. Mein Kleid und meine Beine werden nass.

Ich tauche wieder auf. Draußen ist es dunkel. Keiner ist da …

Ich stehe mitten im Wohnzimmer in einer stinkenden gelben Pfütze.

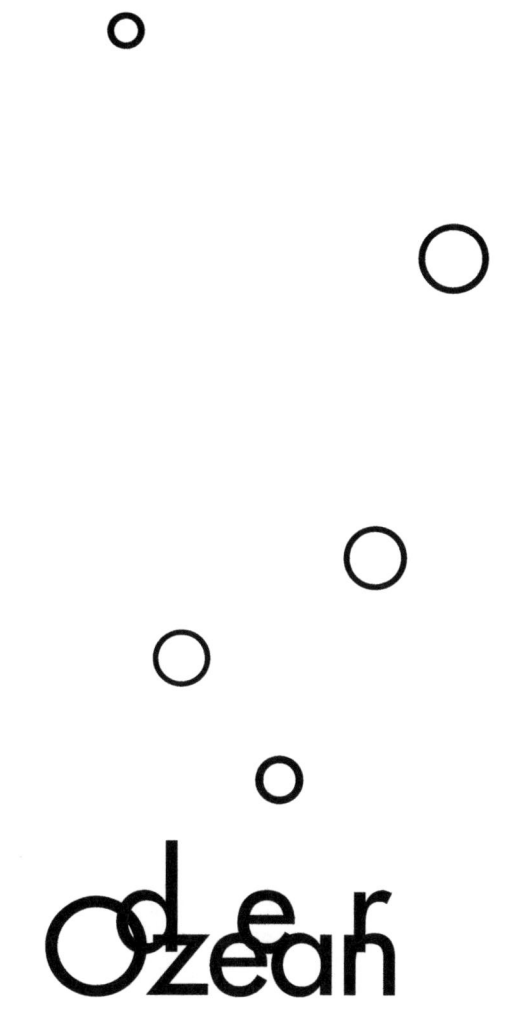

der Ozean

Der Ozean

„Die weißen schäumenden Wellen laufen an, eine auf die andere, so weit man nur sehen kann, nach rechts oder nach links, man sieht nur die blaue Wasseroberfläche. Aber das Wichtigste ist das Rauschen. Du kannst die Augen schließen und langsam von den Wellen geschaukelt werden. Der Ozean. Er ist Farbe, Geräusch und ein unglaublicher Geruch. Er riecht nach Curuba, das vor kurzem aufgeschnitten wurde und frisch auf dem Teller liegt und noch nach Saft aus Guave und Cherimoya."

Ich halte kurz inne. Den Geruch vom Ozean zu beschreiben fällt mir am schwersten.

„Es riecht auch nach Blumen. Ich mochte den Ozeangeruch sehr, als ich noch bei meinen Eltern lebte, noch vor Matthias' Zeit." Aber sie hört mir nicht mehr zu.

„Mmm", Nayeli dreht sich unruhig im Schlaf und macht eine Nuckelbewegung mit den Lippen. Ich streichele ihr verschwitztes Köpfchen.

„Schlaf, schlaf ruhig, bebé. Meine Tochter, mein Schatz, mein Anker, mein Gefängnis …"

Ich war siebzehn, als ich ihn traf. Ich wollte zu Fernanda, meiner Freundin aus dem College. Wir waren mit zwei Jungs zum Essen verabredet. Er stand mitten auf der Straße in seiner beigen Weste mit vielen Taschen, in Shorts und Flip-Flops – ein typischer Tourist aus Europa: blond, groß mit einer riesigen Kamera um den Hals. Was wollen die denn alle bei uns in Ecuador fotografieren?

Es war nichts besonders an ihm. Diese Europäer sehen alle gleich aus, als würden sie sich alle in einem Geschäft für Touristen anziehen.

Er schob seine Sonnenbrille auf die Stirn und betrachtete mich aufmerksam, wie ein exotisches Souvenir auf zwei Beinen. Na gut, es gab an dem Tag etwas zu sehen. Ich hatte mich besonders hübsch gemacht. Schließlich standen Fernanda und ich kurz vor unserem Schulabschluss und wir wollten uns richtig amüsieren. Ich merkte, wie der Tourist mich anstarrte, aber dass er mir folgen würde, ahnte ich nicht.

Ich kam bei Fernanda an und wir gingen zusammen mit Joseth und Dayan essen. Die Jungs waren nichts Besonderes, Fernanda und ich lachten über sie. Als ich spätabends nach Hause ging, lief mir jemand über den Weg. Ich erschrak mich, dann erkannte ich den Touristen vom Morgen. Er baute sich vor mir auf, mit einem Blumenstrauß in der Hand.

„Are you crazy. You've scared me. "

„Excuse me. I wanted to surprise you. "

„How did you find me? Do you work for CI? "

„No. This is my private search. "

„And what did you discover? "

„Your Name is Maoli, you live in this house and I love you. "

Ich musste lachen. So viel in einem Satz, aber so ist er, Matthias. Wenn er etwas will, zögert er nicht. Er greift zu. Und so war es auch mit mir. Er hatte mich im Sturm erobert.

Matthias ähnelte keinem von meinen früheren Bekannten. Er war klug, charmant, überschüttete mich mit Geschenken und seinen romantischen Gefühlen. Wie er mich anschaute … Keiner hatte je so auf mich geguckt. Er war einfach unwiderstehlich. Sogar meine Mutter schwärmte für ihn, mein Vater dagegen konnte Matthias von Anfang an nicht leiden. Ich war Papas einzige Tochter, seine Hoffnung und Augenweide. Mein großer Bruder war schon verheiratet und lebte mit seiner Frau bei uns, sie hatten damals schon eine Tochter. Mein Vater wollte, dass ich zunächst das College beende und nicht sofort heirate. Vor allem hatte er Angst, dass Matthias gar nicht vorhatte, mich zu heiraten. Aber da täuschte sich mein Vater. Matthias war es ernst. Er wollte mich. Und zwar mitnehmen. Und das ging nur durch Heirat.

So kam es eines Tages, dass er meine Eltern um meine Hand bat und mein Vater zähneknirschend nickte und meine Mutter und ich jubelten. Matthias strahlte wie der Gewinner der Tour de France auf seinem Treppchen. Ich war der Pokal.

Vier Monate später stand ich auf deutschem Boden, im Flughafen mit einem großen Koffer, voll warmer Kleidung und schaute umher. Matthias war früher geflogen, direkt nach unserer Hochzeit, und ich folgte ihm einen Monat später, mit meinem frischen Schulabschluss in der Tasche. Ein fremder Mann schritt schnell auf mich zu und drückte mich fest an sich. Ich klopfte empört gegen seine Brust. Er ließ mich los und lachte: Matthias' Lächeln. Ich hatte ihn nicht erkannt. Mein Ehemann, der er war, sah völlig anders aus. Kurze dunkle Haare, dunkle Jacke, dunkle Hose, Stiefel.

„Wellcome home", wisperte er mir ins Ohr und ich bekam Gänsehaut von seiner Nähe.

Zunächst kam die Verwunderung über das neue Land, dann kamen die Sprachkurse, die Kälte und dann kam Nayeli. Sie meldete sich unerwartet. Sie klopfte einfach an meine Bauchdecke.

„Was ist das?", fragte ich Matthias, denn ich war gewohnt, ihn alles zu fragen. Alles in diesem Leben, in diesem fremden Land fing mit Fragen an Matthias an.

„Haben Sie verhütet?", fragte uns eine ziemlich strenge Dame, die Matthias als unsere Hausärztin vorstellte.

„Ähm", Matthias wendete sich zur mir. „Hast du etwa nicht die Pille genommen?"

„Pillen?"

„Ja."

„Ich bin doch nicht krank."

Er verdrehte die Augen.

„Lassen Sie mich", sagte die Ärztin und wiederholte mir langsam und deutlich jedes Wort, als ob ich schwerhörig war.

„Haben Sie die Anti-Baby-Pille genommen. Verhütung?"

„Verhütung?", fragte ich noch einmal.

„Yes", nickte die Frau.

„No", sagte ich verblüfft. „Wieso? Ich bin doch verheiratet."

Matthias stöhnte und ließ sein Kopf in die Hände sinken. Ich verstand die Welt nicht mehr.

„Bin ich krank? Werde ich sterben?"

„Nein, nein", widersprach mir die Ärztin.

„Du bist schwanger! Du! Bist! Schwanger!", schrie Matthias zu Hause. „Ich kann es nicht fassen! Wie kann man so dumm sein und nicht merken, dass man schon im fünften Monat schwanger ist?"

Er lief auf und ab in der Wohnung, aber ich hörte ihn kaum.

„Schwanger, pregnant …" Ich hielt mir mit beiden Händen den Bauch und merkte wirklich nichts Besonderes. Plötzlich kam wieder diese flatterhafte Bewegung, die ich vorher für die schlechte Verdauung gehalten hatte.

„Matthias, Matthias", schrie ich. Er rannte zu mir, Augen groß.

„Was ist los?"

„Hör mal." Ich nahm seine Hand und legte sie auf meinen Bauch. Lange nichts und dann, poch, poch. Dieses Flattern. Sein Gesicht erhellte sich von innen, dann wurde es wieder finster.

„Was machen wir jetzt damit?", fragte er. „Für die Abtreibung ist es jetzt zu spät, sagte Ärztin".

„Abtreibung?" Viele Wörter waren mir noch unbekannt.

„Abortion!"

„Abortion?!" Dieses Wort schlug mich, wie die Peitsche. Mir tat plötzlich alles weh. „Why?"

„Du fragst mich „Why"? Du bist erst achtzehn. Du hast noch keine Ausbildung. Du bist selbst noch ein Kind. Zwei Kinder an meinem Hals." Er fing an zu heulen, verdeckte sein Gesicht mit den Händen und schaukelte dabei nach rechts und links. „Ich bin ein Dummkopf."

Ich war so erstaunt und konnte überhaupt nicht begreifen, was aus meinen großen, mächtigen, allwissenden Ehemann geworden war. Das war der beste Tag in meinem Leben. Ein Tag, der sogar meine Hochzeit überstrahlt hatte. Wir würden ein Baby bekommen, ein Geschenk Gottes. Und mein Mann, statt vor Freude zu jubeln, heulte wie ein Hund, als ob jemand gestorben wäre.

Und so ging es weiter. Ich schloss meinen Deutschkurs ab, ging regelmäßig zu den Untersuchungen und Nayeli kam pünktlich am 7. Mai um 20:25 Uhr auf die Welt. Ich hatte das leider nicht mitbekommen, weil etwas schiefging und ich einen Kaiserschnitt bekam. Als ich nach der Narkose erwachte, sah ich zunächst Matthias, der neben meinem Bett auf dem Stuhl saß, und dann ein kleines Päckchen in seinen Händen.

„Was ist das?" fragte ich wie immer. Nach der Narkose war es schwer, mich zu konzentrieren und nur dieser Satz schwamm wie ein Rettungsring in meinem benebelten Kopf.

„Das ist meine Tochter, Nayeli", sagte Matthias leise und stolz.

„Meine Tochter", hallte es in meinem müden Kopf. Matthias war immer besitzergreifend.

Die erste Zeit zu Hause war schwer. Ich kann mich fast an gar nichts mehr erinnern. Alles, wie verschwommen: Stillen, Windel wechseln, Essen machen, Stillen, Windel, Essen, Stillen …

Ich wollte die ganze Zeit nur schlafen, weil Nayeli Tag und Nacht verwechselte. Matthias half mir nicht, er meinte, es sei meine Sache und meine Schuld, er sei für Kinder noch nicht bereit gewesen. Ich sah Matthias immer weniger zu Hause. Er kam nach der Arbeit, aß das Essen, das ich für ihn gekocht hatte, und verschwand für den ganzen Abend.

Im Sommer kam seine Schwester uns besuchen. Ich zog Nayeli ein schönes Kleidchen an und sie lallte sehr hübsch vor sich hin. Wir saßen am Tisch und seit Langem war es wieder gut. Matthias war sehr stolz auf Nayeli, weil er mit ihr prahlen konnte. Er umarmte mich, spielte mit dem Kind und später liebten wir uns in unserem Bett. Er benutzte jetzt Kondome, obwohl ich inzwischen mit einer Spirale verhütete. Er traute mir nicht mehr. Nayeli entwickelte sich prächtig und mit neun Monaten konnte sie schon auf ihren wackeligen Beinchen, meinen Finger fest in ihrem Händchen, durch die Wohnung gehen.

Als Nayeli zu zahnen begann, war ich wieder sehr mit ihr beschäftigt. Sie weinte oft und konnte nicht ruhig schlafen. Ich dachte, Matthias hätte sich langsam damit abgefunden, dass er Vater ist. Aber da ich irrte ich mich. Seine Anspannung und Verärgerung wuchsen in ihm langsam, wie ein Hurrikan, um sich später mit einer unberechenbaren Stärke über mir zu entladen. Eines Abends kam er spät nach Hause, als ich schon im Bett war und begann zu schreien, dass ich es mir fein ausgedacht hätte, hier auf seine Kosten zu leben. Er müsse mich und mein Kind ernähren. Ich wisse nicht, wie schwer wir ihm auf der Tasche lägen. Ich sollte mir dringend eine Arbeit suchen. Er war betrunken, wie er es in letzter Zeit öfter war, und in seiner Stimme klang ganz deutlich eine Drohung an. Am nächsten Tag fuhr ich mit Nayeli zum Arbeitsamt, um zu fragen, welche Arbeit ich bekommen könnte. Ich hatte noch nie gearbeitet und wollte eigentlich in Deutschland Wirtschaft studieren.

„Ihr Schulabschluss wird bei uns nicht mit dem Abitur gleichgesetzt", sagte mir die freundliche Dame im Beratungszentrum vom Arbeitsamt. „Es ist leider nichts zu machen. Sie müssen noch mal bei uns in die Schule und nach drei Jahren unser Abitur erwerben oder Sie können ebenso für drei Jahre in eine Lehre gehen."

„Aber ich brauche eine Arbeit jetzt! Was kann ich machen? Ich war ganz gut in Mathe".

„Es tut mir leid", sagte die Dame. „Sie können nur eine unqualifizierte Arbeit annehmen. Ihr Schulabschluss wird bei uns leider nicht anerkannt." Ich konnte sehen, dass es ihr wirklich leidtat, aber so waren die Gesetze. Ich schob den Kinderwagen raus, Nayeli schlief ruhig darin. Ich kaufte mir eine Zeitung und las die Arbeitsangebote durch.

Zwei Tage später fing ich mit meiner neuen Arbeit an, als Putzfrau. Ich arbeitete fünf Tage in der Woche, jeweils viereinhalb Stunden. Während meiner Schicht passte Carmita, meine neue Freundin aus Peru, auf Nayeli auf, und wenn sie arbeitete, passte ich auf ihre beiden Kinder auf.

Eines Tages saß ich zu Hause mit Nayeli, Raul und Sintia, den Kindern von Carmita, als Matthias nach Hause kam.

„Was ist denn hier los?", schrie er laut, als er die Kinder sah. „Ist hier ein Flüchtlingslager oder was? Was habt ihr denn alle hier zu suchen?"

Ich versuchte, ihn nicht provozieren, weil ich sah, dass er betrunken war. Ich wärmte ihm das Essen und hoffte, dass er danach besser gestimmt sein würde. Meine Freundin Carmita kam pünktlich, um ihre Kinder abholen. Matthias kam aus der Küche und sagte ihr laut: „Nimm deine Luder und lasst euch hier nicht mehr blicken."

Carmita kochte vor Wut, sagte aber kein Wort und ging mit den Kindern raus. Als die Tür hinter Carmita zuging, wollte Matthias aber nicht aufhören.

„Was machen diese Zigeuner hier?"

„Sie sind keine Zigeuner. Das ist meine Freundin Carmita aus Peru. Wir passen auf die Kinder auf, wenn die andere arbeitet."

Mit schiefgezogenem Mund stand Matthias vor mir.

„Was macht ihr denn da bei eurer Arbeit, ihr hübschen Latinas?", fragte er spöttisch und kniff mich schmerzlich in den Po. „Befriedigt ihr etwa deutsche Männer?"

Ich drehte mich um und gab ihm eine ordentliche Ohrfeige. Matthias sprang von mir weg.

„Du Schlampe! Ihr seid alle Huren! Du kamst hierher, um deutsche Männer zu ficken!"

Das war mir zu viel. Ich holte meinen Koffer, mit dem ich nach Deutschland geflogen war, aus dem Schrank und fing an, meine Sachen einzupacken, dann legte ich sorgfältig Nayelis Sachen rein. Matthias schaute mich grinsend an. Als ich mit dem Packen fertig war, ging ich zu ihrem Bettchen und wollte Nayeli vorsichtig in den Kinderwagen legen. Vor dem Zimmer stand Matthias im Türrahmen und versperrte mir den Weg.

„Du kannst gehen, du Hure." Es machte ihm Spaß mich so zu nennen und meine Wut zu sehen.

„Let me go", sagt ich leise, „ich muss Nayeli holen".

„Meine Tochter bleibt hier", zischte er durch die Zähne.

„What?", quietschte ich erschrocken.

Zum ersten Mal spürte ich Hass auf diesen Mann.

„Meine Tochter bleibt hier", sagte er noch mal laut und wirkte nicht mehr betrunken.

„Was machst du mit ihr?" Ich konnte nicht begreifen. „Du kannst dich doch gar nicht um sie kümmern?"

„Ich stecke sie ins Heim", sagte er mit einem spöttischen Lächeln, „Das ist meine Tochter. Sie bleibt bei mir, in Deutschland. Das ist das Gesetz."Er triumphierte. Jetzt hatte ich es verstanden. Er hatte sich das schon lange überlegt.

„Und du Schlampe kannst gehen. Na los, los", schrie er wütend, griff nach meiner Hand und zog mich durch die Wohnung. Ich schrie, er schlug mir mit der Faust ins Gesicht, dann öffnete er die Tür und schmiss mich aus der Wohnung. Ich flog die Treppe hinunter und spürte einen dumpfen Schlag, der Koffer landete auf meinem Rücken. Dann kam lange nichts.

Als ich zu mir kam, sah ich zunächst unsere Deckenlampe und dann Matthias. Ich lag in unserem Wohnzimmer auf dem Sofa und er kniete vor mir. Er küsste meine Hände, streichelte meine Wangen. Ich konnte mich zunächst nicht daran erinnern, was passiert war. Erst als er mit zitternder Stimme sagte: „Maoli, bitte. Lass uns alles vergessen", reagierte mein Kopf mit höllischen Kopfschmerzen. „Bitte, verzeih mir. Ich war so aufgebracht". Er beugte sich zu mir und küsste meine Stirn.

„Matthias …", fing ich an und stockte. Er schaute mich mit solcher Reue und Liebe an, dass ich plötzlich in ihm den Matthias aus der Zeit vor der Hochzeit wiedererkannte.

Dann sagte er leise: „Maoli, das war jetzt etwas laut bei uns und die Nachbarn …"

„Nachbarn?"Ich verstand nicht, was die Nachbarn mit unserem Streit zu tun hatten.

„Die Nachbarn konnten etwas sehen."

„Und was ist damit?"

Er zögerte etwas und dann sagte er ganz schnell: „Wenn unsere Nachbarn die Polizei geholt haben sollten, bitte sage ihnen, dass du ausgerutscht bist." Er schaute voller Hoffnung in meine Augen. Ich schloss die Augen und nickte. Ich war sprachlos. Wann hatte ich meinen Mann verloren? Wo war der große, mutige, allwissende Matthias geblieben? Mit diesem feigen, verbissenen und aggressiven Fremden wollte ich nicht mehr leben.

Am nächsten Morgen, als er zur Arbeit ging, holte ich meinen Koffer, legte Nayeli in den Kinderwagen und ging von ihm weg. Zunächst zu Carmita, dann mit ihr zur Frauenhilfe.

Wie viele kluge Männer und Frauen mit und ohne Brille habe ich getroffen? Wie oft habe ich meine Geschichte wiederholt. im Jugendamt und später vor Gericht? Warum wurde ihnen allen nicht sofort klar, wer die Schuld an allem hatte? Ich habe tausende von Briefen erhalten, die ich nicht verstand. Paragraph, Scheidung, Paragraph, geteiltes Sorgerecht, Paragraph, Besuchszeitenregelung und wieder Paragraph.

Ich wollte nichts, nur nach Hause. Zu meinen Eltern, zu meinen Freunden. Zurück! Aber das konnte ich nicht. Ich durfte mit meiner Tochter nicht wegfahren. Nayeli konnte ohne Matthias Unterschrift dieses verdammte Deutschland nicht verlassen. So ist das Gesetz. Ich habe mich schon längst daran gewöhnt, dass die Gesetze in Deutschland mein Leben wie eiserne Zäune eingekreist haben. Ich lebe hinter diesen Zäunen, aber sie scheuen sich nicht und gehen auch durch mein Herz.

Ich hasse dieses Land mit seinen krummen Gesetzen. Ich lebe hier wie in einem Gefängnis. Ich hasse Matthias, der mich hierher gebracht hat. Ich hasse ihn noch stärker als ich ihn geliebt habe.

Er hat mich ruiniert. Er hat mir ein glückliches Leben versprochen und hat mich ausgenutzt und weggeworfen, wie eine alte Verpackung. Ich wünsche ihm alles Schlechte der Welt, sowohl hier als auch im Jenseits. Ich würde ihn am liebsten nie mehr in meinem Leben sehen, aber stattdessen taucht er jedes zweite Wochenende auf und holt meinen größten Schatz von mir weg. So ist das Gesetz. Mein Herz blutet zwei Tage lang und wenn Nayeli ihn zum Abschied küsst, verliere ich den Boden unter meinen Füßen. Wie kann sie ihn lieben? Diesen miesen Verräter, diesen ehrenlosen Mann, der mich geschlagen hat, dieses Tier, der selbst nicht wollte, dass sie auf die Welt kam? Aus meinen Augen fliegen Funken und wenn ich könnte, würde ich ihn mit diesen Funken töten. Dann wäre ich endlich frei und könnte mit meiner Tochter nach Hause.

Nayeli dreht sich im Schlaf um und ich höre ihr leises Atmen. Sie ist so schön, meine Tochter. Heute ist Sonntag, sie übernachtet bei mir und nächste Woche muss sie wieder zu ihm. Ich werde auf sie warten und davon träumen, dass Nayeli 18 Jahre alt wird. Dann werden wir endlich alles machen können, was wir wollen. Dann werden wir dieses Gefängnis verlassen und zum Ozean fahren, zurück in meine Heimat. Ich werde Nayeli zeigen, wie man Muscheln und kleine Krebse sammelt. Wir werden in die Wellen springen und große Sandburgen bauen, im Wasser plantschen, wie zwei Enten, und viel Spaß miteinander haben. Wir werden am Strand liegen und unsere Haut von der Sonne streicheln lassen.

„Wann fahren wir zum Ozean, mamá?"

„Schon bald mein Schatz. Schon bald. Nur noch 14 Jahre, 10 Monate und 8 Stunden."

Herr Professor
Al-Tahtawi

Herr Professor Al-Tahtawi

Sicut umbra dies nostri super terram. [9]

Meine Mutter hatte ein ganz natürliches Leben geführt. Sie wuchs in einem anatolischen Dorf auf, mitten in einer fast wilden Natur und inmitten beinahe ebenso wilder Traditionen. Mit zwölf wurde sie verheiratet und mit vierzehn brachte sie ihr erstes Kind zur Welt – ein Mädchen. Was für ein Unglück! Das Baby starb bald und meine Mutter durfte wieder schwanger werden. Kurze Zeit später: neue Geburt. Und wieder ein Mädchen und bald wieder tot. Der Ehemann brachte meine Mutter zurück zu ihren Eltern, wie ein defektes Gerät, das die Garantiezeit nicht überstanden hatte. Das war die Schande für die Familie meiner Mutter. Dann wurde kurzerhand entschieden, sie wegzuschicken, damit die jüngeren Schwestern eine Chance hatten zu heiraten, die sonst jeden Tag schrumpfte.

Mit sechzehn kam meine Mutter nach Deutschland, als Gastarbeiterin. Eine geschiedene, verstoßene Frau, die zwei unglückliche Geburten hinter sich hatte. Sie arbeitete bei Ford am Fließband in der Schichtarbeit. Tagein, tagaus. Ihr verdientes Geld schickte sie fast vollständig nach Hause, davon lebte ihre Familie, obwohl die sie hatte loswerden wollen. Dort, bei der Arbeit, traf sie meinen Vater, einen Tunesier, der, genau wie sie, wie ein Arbeitstier nach Deutschland entsandt worden war. Langsam fanden sie sich zusammen. Meine Mutter bat ihre Familie um Erlaubnis, ihn zu heiraten, und die gaben sie schweren Herzens: Kein Türke, aber immerhin ein Moslem.

Meine Eltern bekamen lange keine Kinder. Ich denke, meine Mutter hatte ein großes psychisches Problem, wegen des Verlusts

---

9   *Unsere Tage sind wie ein Schatten auf Erden. (Latein)*

ihrer beiden Töchter. Sie hätte wahrscheinlich eine lange Therapie gebraucht, aber weil sie zu keinem Arzt ging, hat die Zeit diese Arbeit übernommen.

Als ich zur Welt kam, war meine Mutter schon 36. Zwanzig Jahre nach ihrer letzten Entbindung kam ich gesund und munter auf die Welt. Ich bekam den männlichen türkischen Vornamen Tuncer und trug den tunesischen Nachnamen Al-Tahtawi.

Meine Eltern lebten sehr bescheiden. Sie schickten, nach wie vor, den größten Teil ihres Gehalts in die Herkunftsländer an die Familien. Selbst als ihre Eltern schon verstorben waren, unterstützten sie ihre Geschwister und deren Nachwuchs.

Aber als ich auf die Welt kam, änderte sich das Leben meiner Eltern von Grund auf. Ich war ein Geschenk Allahs und sollte jetzt alles bekommen, was meine Eltern jahrelang entbehrt hatten. Sie lebten genauso bescheiden wie früher, nur schickten sie das Geld bald nicht mehr zu den Verwandten in der Türkei und Tunesien, sondern legten es für meine Ausbildung zur Seite. Das Wort „Ausbildung" klang für meine Eltern wie die Suren des Korans, unverständlich und heilig. Schon als kleines Kind spürte ich diesen besonderen, wertschätzenden Umgang mit Büchern und Lehren. Ich sollte etwas Besseres werden, als meine Eltern, die Schichtarbeiter am Fließband.

Ich sollte, ich durfte meine Eltern nicht enttäuschen, und das tat ich nicht. Ich lernte fleißig, mehr noch, ich war ein Wunderkind. Alle Informationen, die ich bekam, lagerten sich sicher und gezielt in den Regalen ein, die in meinem Gedächtnis für sie eingeplant waren. Meine Eltern, die selbst kaum lesen und schreiben konnten, meldeten mich bei der Bibliothek an. Das war eine großartige Geste von ihnen. Jede Woche ging ich zunächst mit meinem Vater dorthin, später alleine, und las mich systematisch nacheinander durch alle Abteilungen. Ich hatte ein klares Ziel vor Augen: Ich wollte alles wissen. Meine Eltern hatten weniger prätentiöse Ziele. Sie wollten, dass ich eine Ausbildung machte und ein Ingenieur, ein Arzt oder ein Rechtsanwalt würde. Dieses mächtige Traumberuf-Triumvirat regierte in den meisten Köpfen all der Schichtarbeiter, die ein Leben lang Tag und Nacht schufteten, damit ihre Kinder eine bessere Zukunft bekämen. Wie wenig wurde von diesen Träumen erfüllt. Ich bin sicherlich eine ganz große Ausnahme.

Dass ich so viel erreicht habe, lag ganz bestimmt nicht an den besonderen Erziehungsmethoden meiner Eltern, es gab nämlich keine. Sie wechselten sich ständig ab, wegen der Schichtarbeit. Einer von den beiden passte auf mich auf, solange ich klein war – und ein Stück darüber hinaus. Das einzige, was ich über meine Eltern sagen kann, ist, dass ich, wohl durch die Zusammensetzung ihrer Gene, ein phänomenales Gedächtnis bekam und die Kraft, es richtig einzusetzen. Und noch etwas, das ich auch ernst meine: Sie haben mich nicht gestört. Ich hatte immer Zeit für mich gehabt, fürs Lesen, fürs Lernen, fürs Denken.

Die Grundschule übersprang ich irgendwie. Ich weiß nicht mehr, wie lange ich dort war. Alles, was mir in Erinnerung blieb, war die Fahrradprüfung. Ich hatte bis dahin keine Notwendigkeit gesehen, Fahrradfahren zu lernen und war unangenehm überrascht, dass das alle außer mir konnten. Dann beschloss ich, mehr auf solche Details zu achten. Das Gymnasium ging auch relativ flott. Ich schlich mich sogar in die Kurse der fortgeschrittenen Altersstufen, in Physik und Mathe, und war dann immer überrascht, warum alle so dumm sind. Wenn jemand von den Lehrern mit meinen Eltern reden wollte, wurde ich als Übersetzer hinzugezogen. Zwar lebte meine Mutter schon lange in Deutschland, ihr Wortschatz wuchs aber nie in die Breite. Ich übersetzte immer intuitiv. Zwar konnte ich alles wörtlich übersetzen, was die Lehrerin sagte, in die türkische oder arabische Sprache, die ich meinen Eltern zuliebe genauso gut wie das Deutsche gelernt hatte, aber es hätte keinen Sinn gehabt. Ich musste nicht nur die Sprache übersetzen. Zwischen den Kategorien, die die Lehrerin verwendete und denen, die meine Mutter verstehen konnten, lag eine große Differenz.

„Ihr Sohn hat an einem Mathematikwettbewerb teilgenommen. Seine Ergebnisse sind verblüffend. Er hat einen neuen Denkanstoß für die Forschung gegeben. Er wurde in eine universitäre Forschungsgruppe eingeladen, bei der er von Zuhause aus mitarbeiten kann. Er bekommt einen speziellen Zugang über die Internetseite."

Ich sagte meine Mutter so etwas wie:

„Ihr Sohn lernt ganz gut. Er braucht jetzt einen eigenen Tisch mit Computer."

Die Lehrerin strahlte, meine Mutter auch. Beide hatten eine positive Nachricht bekommen. Damals im Gymnasium beschäftigte ich mich ernsthaft mit Latein. Ich hatte vor, Jurist werden, die Wünsche meine Eltern lagen mir noch nah.

Eines frühen Morgens fuhr mein Vater nach der Nachtschicht nach Hause. Er hatte ein altes Fahrrad, das er selbst aus den Resten fortgeworfener Zweiradwracks zusammengebaut hatte. Der Weg war lang, mein Vater müde und es kam unerwartet zu einem Zusammenstoß mit einer Dame, die morgens ihre Fitnesstour erledigte. Beide prallten aufeinander. Mein Vater entschuldigte sich und wollte weitergehen. Doch die Dame forderte seinen Reisepass und seine Adresse und meldete sich ein paar Monate später mit einer Einladung in einen Gerichtssaal.

Als wir, Vater und ich, Mutter im Schlepptau vor Gericht erschienen, war der Standpunkt schnell klar – schon räumlich, wo wer zu stehen hatte. Die Dame erhielt eine solide Unterstützung durch ihren Mann und den Rechtsanwalt, mein Vater hatte mich und meine Mutter.

Zunächst schilderte der Rechtsanwalt die ganze Situation, dabei erfuhren wir überrascht, dass mein Vater in betrunkenem Zustand gefahren sei, und dass dies die Ursache für den Zusammenstoß war. Die Dame bekam dabei eine Prellung und sollte sich infolgedessen einer längeren Kur unterziehen. Sie verlangte Schmerzensgeld und dann wurde die Summe genannt. Meine Eltern zuckten zusammen. Die Summe war riesig. Der Richter schaute in unsere Richtung und dann meldete ich mich zu Wort.

Ich entschuldigte mich zunächst, dass ich wahrscheinlich nicht professionell anfange, schließlich hätte ich nur vor, Jura zu studieren. Mit meinen ersten Worten zog sich das Gesicht der Dame lang nach unten und so blieb es die ganze Zeit, bis später ihr die Augen noch groß wurden.

Ich fragte den Richter um Erlaubnis, der Dame ein paar klärende Fragen zu stellen. Als ich seine Erlaubnis bekam, war die Sache gegessen. Ich klärte auf, wo sie gestartet ist, wohin sie fuhr und die Uhrzeit. Dann fragte ich ganz speziell, welche Straßenseite sie benutzte. Im Handumdrehen hatte sie mir alle ihre Schwachpunkte dargelegt. Ich hatte schnell alles beisammen.

Nicht einmal ihr eigener Rechtsanwalt hatte sie nach der Richtung, in der sie fuhr, gefragt. Alle waren von Anfang an überzeugt gewesen, dass mein Vater Unrecht hatte. Mit ihrem Geständnis zeigte die Dame sich selbst an. Mein Vater war auf der richtigen Straßenseite, sie auf der falschen. Außerdem hatte mein Vater sich bei dem Aufprall eine Hand gebrochen. Wir waren an dem

Tag im Krankenhaus. Ich stellte dem Richter den Befund aus dem Krankenhaus vor. Darin wurde unter anderem festgestellt, dass keine Spuren vom Alkohol nachgewiesen werden konnten.

„Also, Euer Ehren", sagte ich zum Schluss, „ich als zukünftiger Jurastudent hoffe, dass ‚Aequitas enim lucet ipsa per se'. [10]"

Nach meiner Rede war es still im Gerichtssaal. Die Dame und ihr Mann ähnelten ein bisschen Wachsfiguren, der Richter sah beschäftigt aus und meine Eltern …

Sie wirkten so klein und verloren und blickten auf mich mit Ehrfurcht. Als ob ich gerade mit Blitzen geworfen hätte. Mein Vater drehte seine Gebetskette und meine Mutter versuchte, mit verschwitzten Händen ihr Kleid zu bügeln und glättete und glättete den Stoff mit bloßen Händen. Beide waren nicht nur aufgeregt, sie hatten furchtbare Angst, aber nicht mehr vor dem Gericht und einer Strafe. Sie hatten Angst vor mir. Ich habe den Prozess gewonnen. Mein Vater bekam Schmerzensgeld, weil ich Gegenklage erhoben hatte, und ich einen Handschlag vom Richter.

„Ich werde mir Ihren Namen merken, Herr Al-Tahtawi", sagte er mir zum Abschied: „Aber ‚Euer Ehren' vergessen Sie bitte, wir sind hier ja nicht in Amerika."

An diesem Tag endete meine Kindheit, wenn ich denn in allgemeinem Sinne überhaupt je eine hatte. Die Kluft zwischen meinen Eltern und mir erhöhte sich direkt proportional zu meinen Erfolgen: Abitur 0,9, Begabtenstipendium, zwei Semester in Oxford, Diplom, Promotion, Habilitation, jahrelange Arbeit an den verschiedenen Universitäten der Welt. Je größer meine Erfolge waren, desto kleiner fühlten sich meine Eltern in meiner Gegenwart.

Nach der Schule zog ich weg und sah meine Eltern nur noch selten. Ich schrieb am Anfang kleine Karten an die beiden.

---

10   *Denn Gerechtigkeit leuchtet für sich selbst.* (Cicero, Latein)

Zurück bekam ich Antworten, die von einer fremden Hand verfasst wurden. Meine Eltern konnten nicht fehlerfrei schreiben und ich stellte mir vor, wie sie sich gezwungen fühlten, zu jemandem zu gehen, um für mich eine blumige Antwort zu produzieren.

Ich wollte sie nicht überfordern und stellte das Schreiben ein. Manchmal rief ich meine Eltern an. Meine Mutter fragte mich, was ich machte. Ich erklärte ihr, wo ich gerade lebte und an welcher Uni ich unterrichte. Sie fragte mich, ob ich gut esse und ob ich schon eine Frau gefunden habe. Ich sagte immer, dass ich noch auf der Suche bin. Mein Vater mochte keine Telefongespräche. Er konnte sich nie an den Telefonhörer gewöhnen, bei dem er keinen Menschen vor sich hatte. So saß er immer neben der Mutter während unseres Gesprächs und lauschte aufmerksam, mischte sich aber nie ein. Ich wollte meinen Eltern ein Haus kaufen, aber sie wollten ihre Wohnung, in der ich aufgewachsen war, nicht verlassen. Ihre Gewohnheiten waren stark eingefahren, sie gingen auch nach der Pensionierung ihre gewohnten Routen weiter: zum Gemüsehändler, zum Bäcker, zum Arzt.

Mein Vater starb, so wie er gelebt hatte, still und unmerklich. Meine Mutter war einkaufen und als sie zurückkam, fand sie ihn tot. Er saß im Sessel und schaute auf die Wand mit unseren Familienfotos in all den prächtigen, orientalischen Rahmen.

Ich wollte Mutter nach dem Tod meines Vaters zu mir holen. Ich arbeitete damals in Oslo, hatte ein hübsches Cottage mit einem kleinen Garten. Sie wollte mich dort nicht besuchen. „Das is nichts für mich, Tuncer. Ich bleibe hier und kümmere mich um das Grab." So blieb sie noch acht Jahre in der kleinen Wohnung meiner Kindheit.

Wir werden sentimentaler mit dem Alter. Aus irgendeinem unergründlichen Impuls wollte ich plötzlich meine Mutter sehen.

Es lag ganz bestimmt nicht an der Tatsache, dass sich für mich ein rundes Jubiläum näherte und dass ich keine Lust hatte, es allein zu Hause zu verbringen. Ich kaufte mir ein Ticket und flog zu meiner Mutter, in meine Geburtsstadt. Ich meldete mich auch vorher nicht bei ihr an, sondern kam direkt in meine Kindheitswohnung und klingelte an der Tür. Keine Reaktion. Ich klingelte noch einmal. War die Mutter einkaufen gegangen? Ich wartete noch ein bisschen. Sollte ich später kommen? Wie lange brauchte sie jetzt für den Einkauf?

Als ich schon fest entschlossen war, zu gehen, öffnete sich die Nachbarstür und eine Frau lugte hervor.

„Was willst du hier?"

„Guten Tag, ich wollte meine Mutter besuchen. Sie ist wahrscheinlich einkaufen gegangen?"

„Einkaufen. Sie kann schon seit drei Jahren nicht mehr laufen. Die Pflege kommt zweimal pro Tag", schnaubte sie mich an. „Der Sohn. Kommt zur Mama. Erinnert sich."

Die Nachbarin steckte ihre Füße in ihre zerrissenen Pantoffeln und holte einen Schlüsselbund. Sie öffnete die Tür in die Wohnung meiner Mutter und wir traten ein.

Es war furchtbar. Ich erstickte fast am Uringeruch, an Erinnerungen und unerträglichen Schuldgefühlen, die mich angriffen.

Die unfreundliche Nachbarin konnte ich nicht loswerden.

„Danke, danke", sagte ich ihr. „Ich werde schon zurechtkommen."

„Zurechtkommen, er wird zurechtkommen", äffte sie mich unbarmherzig nach. „Schau an, wie deine Mutter zurechtkommt".

Sie führte mich durch das heruntergekommene Wohnzimmer in den kleinsten Raum, der einst mein Kinderzimmer war.

Auf dem Bett, das zu meinem zwölften Geburtstag gekauft worden war, lag meine Mutter. Sie schlief. Ihr Gesicht sah alt und abgemagert aus. Neben ihr auf meinem ehemaligen Schreibtisch reihten sich die Medikamente, Tropfen, Pillen, Boxen und Wechselsachen.

„Da ist deine Mutter, bitteschön", sagte Nachbarin mit ihrer tiefen und lauten Raucherstimme.

„Leise, bitte, leise", flüsterte ich, „Sehen Sie nicht, dass sie schläft?"

„Sie kann auch nachts schlafen", wies sie mich an. „Frau Hawi, Frau Hawi", ihre Stimmlage wechselte. Sie sprach drei Töne höher und süßer, als ob sie mit einem Baby spräche. „Frau Hawi, schau mal, wer zu dir kommt. Dein Tuncer kommt. Schau mal. Dein Söhnchen kommt dich besuchen. Wach auf, schnell, sonst geht er weg."

Ich sah mit Erstaunen, wie die Augen meiner Mutter unter den geschlossenen Lidern zu rollen begannen und sich mit Mühe öffneten.

„Setz dich zu ihr", herrschte mich die Nachbarin nun wieder im Kommandoton an.

Ich setzte mich auf das Bett, wobei es unter meinem Gewicht quietschte. Ich hob die Hand meiner Mutter, die sich rau und trocken anfühlte.

„Anne", sagte ich auf Türkisch. Mehr kam nicht über meine Lippen. In meinen Augen standen Tränen. Das alte Gesicht meiner Mutter verwandelte sich unter dieser Flüssigkeit in das schönste Gesicht, das ich je gesehen habe.

„Anne", sagte ich und küsste diese rauen und trockenen Hände. Meine Mutter erkannte mich nicht.

Ich blieb und verbrachte die letzten Monate im Leben meiner

Mutter bei ihr. Ich zog in meine alte Wohnung und organisierte eine vernünftige Pflege. Manchmal kam die launische Nachbarin Frau Kretschmann zu uns und erzählte mir von meinen Eltern. Sie lebte seit dreißig Jahren in dem Haus, ungefähr seit der Zeit, in der ich ausgezogen war. Immerhin kannte sie meine Eltern wesentlich besser als ich.

Sie erzählte, wie stolz meine Eltern auf meine Erfolge waren, wie oft sie ihr gesagt hatten, wie viel Geschenke ich ihnen sandte und wie gut ich mich um sie kümmerte. Ich war von dem Leid ergriffen, wie wenig sie von mir erwartet hatten und ich ihnen selbst das nicht erfüllte.

Abends, wenn ich mit meiner Arbeit fertig war, setzte ich mich zu meiner Mutter. Sie erkannte mich seit meiner Ankunft nicht, aber manchmal redete sie mit mir auf Türkisch, weil sie mich für ihren Bruder hielt. Dabei erfuhr ich viel über ihr Leben in der Türkei, über ihre erste Heirat und den Tod meiner Halbschwestern.

Eines Abends schaute sie mich lange an, als ob sie versuchte, etwas in mir zu sehen.

„Tuncer", sagte sie, ich fuhr hoch. Hatte sie mich endlich erkannt?

„Tuncer, wenn ich sterbe, behalte diese Matratze. Die haben wir für dich gemacht."

Mehr sagte sie nicht und schaute mich auch nie mehr an. Nach einem Monat starb sie.

Die unermüdliche Frau Kretschmann half mir mit allen notwendigen Vorbereitungen. Ich wäre ohne diese Frau völlig überfordert mit allen Beerdigungsritualen gewesen.

Einige Zeit später sammelte ich meine Sachen und erledigte die Papier-Routine mit der Renovierung und Wohnungsabgabe.

Frau Kretschmann kam zu mir und bat mich um Erlaubnis, einige Gegenstände für sich auszusuchen. Ich erlaubte es ihr, obwohl mir völlig unklar war, was hier noch zu gebrauchen wäre. Ich hängte nur die alten Fotos von der Wand ab, befreite sie aus den Rahmen und stopfte sie in meine Reisetasche.

Frau Kretschmann kam zu mir und sagte, dass sie gerne das Bett haben wolle, das zunächst mein Kinderbett gewesen war und zuletzt meiner Mutter diente. Das war mir aber äußerst unangenehm und ich schenkte Frau Kretschmann eine nötige Summe, damit sie sich ein neues Bett anschaffen konnte.

„Was tun Sie dann mit dem Bett?", fragte sie neugierig.

„Ehrlich gesagt, wollte ich das entsorgen lassen."

„Wenn sie das Bett draußen so aufstellen, wird es sofort mitgenommen", belehrte mich Frau Kretschmann. „Wenn Sie nicht wollen, dass es jemand weiter benutzt, dann müssen Sie es kaputt machen."

Und ehe ich mich besinnen konnte, griff sie nach dem Küchenmesser und stach es schnell in das Material, mit dem das Bett bespannt war. Ihre heftigen Messerstiche taten mir weh, als ob jemand die Erinnerungen an meine Eltern und meine Kindheit ermordete. Ich drehte mich um und hörte plötzlich ihren Schrei.

„Ach, du Scheiße! Herr Hawi!"

Ich eilte zu ihr und sah, dass aus allen Schlitzen der verwüsteten und zerschlitzten Matratze die Geldscheine hervorlugten, wie aufgescheuchte Tiere. Frau Kretschmann holte mit beiden Händen das Geld aus der zerrissenen Bettfläche, ich legte es auf den Boden. Ich setzte mich auf den Stuhl, unfähig, mich zu bewegen.

Das war jede Menge Geld, Deutsche Mark, Euro in 10er-, 20erund sogar 50er-Scheinen. Es gab auch Scheine in einer anderen Währung und viele Münzen. Das war eine riesige Spardose, die meine Eltern lebenslang gefüllt hatten. Das Geld. Meine Eltern glaubten an Geld. Sie schufteten ihr Leben lang am Fließband und produzierten Waren, die sie selber nie benutzen würden. Sie hatten ihre Arbeitskraft diesem Moloch wehrlos hingegeben. Sie hatten dafür Geld bekommen und an dessen Kraft geglaubt, an dessen gesammelte Kraft. Meine Eltern hatten ihr Leben gegen diese nutzlosen Scheine getauscht. Weg von ihren Verwandten, fern von mir. Sie sind nie zur ihren Geburtsorten gefahren, waren nie in Urlaub gewesen und hatten nie diese Wohnung verlassen, die ihren Schatz beherbergte. Und jetzt lagen vor mir in großen Haufen diese zerknitterten, schmutzigen Scheine, wie abgeworfene Schlangenhäute. Das war alles, was von den Menschen blieb, die einmal meine Eltern waren.

Nasci, laborare, mori.[11]

---

11   *Geboren werden, arbeiten, sterben. (Latein)*

Michael - Li

Michael-Li

In der Grundschule war ich ein typischer Versager: kein Fußball, kein Gameboy, keine Kontakte. Dass ich anders war als die
meisten, hatte ich relativ früh verstanden. Die Jungs hatten für
mich keine anderen Namen als „Schlitzauge" und „Schwuchtel"
und beides stimmte auch. Meinen Namen, Michael Lindner, ver-
dankte ich meinem Vater, einem ruhigen älteren Herrn, mein asiatisches Aussehen meiner vietnamesischen Mutter, die schon so
lange in Deutschland lebte, dass sie ihre eigene Sprache vergessen,
jedoch im Deutschen einen spezifischen Akzent behalten hatte.

Von allen Kindern in der Klasse am besten gefiel mir Olaf, der
neben mir saß. Er war ein sehr schöner Junge. Ich wollte in den
Pausen mit ihm spielen, mich mit ihm unterhalten, doch gerade
Olaf hat mir die erste Lektion erteilt. Einmal schlug er mir hart
und völlig ohne Grund ins Gesicht. Mit einem Schlag verlor ich
mein Gleichgewicht und mein Selbstvertrauen.

Die Kinder hielten es für besser, mich zu meiden. Zwischen
den Jungs und den Mädchen verlief eine undefinierbare Grenze,
die zwar jeder nach Lust, Laune und Interesse, überqueren konnte. Ich aber stand genau auf dieser Grenze und keiner traute sich,
mir näher zu kommen. Ich gewöhnte mich an die Einsamkeit.
Meine Zeit füllten keine Spiele und Gespräche mit Kindern, sondern Musik.

Es stellte sich schon früh heraus, dass ich ein gutes musikali-
sches Gehör habe. Meine Mutter brachte mich in eine Früherzie-
hungsgruppe und wir durften am Ende des Kurses alle Instrumente ausprobieren. Ich kann mich kaum an den Kurs erinnern, aber
ganz deutlich an den Moment, in dem ich zum ersten Mal Klavier
spielte. Das war ein unbeschreibliches Gefühl. Ich berührte die

weißen und schwarzen Tasten und der große hölzerne Schrank atmete plötzlich tief und sprach mit mir. Ich konnte mich nicht von ihm lösen.

Mein Vater wollte mich für sein Hobby gewinnen. Er war besessen von der Astronomie. Er kaufte mir ein Teleskop und erzählte Geschichten vom Weltall und fernen Planeten. Er wusste, wie viele Lichtjahre die Erde von fremden Sonnen, vielleicht auch Planeten, entfernt lag, und erklärte mir, wie viele Sonnensysteme in unserer Galaxie existierten. Ich fand nicht so viel Vergnügen an diesen Gedanken. Dass wir auf einem kleinen Ball mitten im schwarzen Kosmos irgendwie herumflogen, machte mir Angst, obwohl mir das Betrachten des gestirnten Himmels im Teleskop Freude bereitete.

Aber besonders schrecklich fand ich, was ich über die Wirkung von Schwarzen Löchern erfuhr. Mein Vater erklärte mir, wie diese Sache mit dem Verdichten der Masse und noch irgendwas mit der Stärkung der Gravitationskraft funktionierte. Das verstand ich nicht ganz, aber mir blieb das schreckliche Bild im Kopf, dass alles, was in die Nähe des Schwarzen Lochs kommt, sich in eine Art Spaghetti verwandelt und in dieser langgezogenen Form unwiderruflich in dem Schwarzen Loch verschwindet. Das fand ich so furchtbar, dass ich oft nachts aufwachte und mich abtastete, ob sich nicht etwa meine Beine und Arme spaghettiartig vergrößert hatten.

Ich bat meine Mutter, mich weiter in die Musikschule zu bringen. Ich hoffte, wieder mit dem Klavier „sprechen" zu können, aber sie wollte, dass ich mir eine Gitarre oder Geige aussuche. Diese Instrumente konnte man in der Musikschule ausleihen. Ich widersetzte mich nicht. Ich begann mit der Geige. Das aber hielt mein Vater für unmöglich. Die hohen, schrägen Töne lösten bei ihm Kopfschmerzen aus. Ich wechselte zur Gitarre. Ich lernte eine Weile Gitarre spielen, aber das war nicht mein Instrument. Heimlich spielte ich zu Hause Klavier: Auf sechs zusammengeklebte karierte Seiten malte ich meine Klaviertastatur und übte in voller Stille meine Lieblingstücke. Wenn ich in der Musikschule war, nutzte ich die Gelegenheit und stürmte zum Klavier, das im Gitarrenzimmer stand, öffnete mit zitternden Händen den Deckel und spielte mir voller Genuss meine Sehnsucht aus dem Leib. Das Klavier war mein Idol. Es liebte, wie ich es berührte, es streichelte. Es streckte sich mir entgegen und sang für mich.

Eines Tages flog alles auf. Meine Mutter bekam vom Musiklehrer die Empfehlung, mich für einen Klavierwettbewerb anzumelden. So, wie meine Mutter eben war, nahm sie alles schweigend auf und stellte mich zu Hause zur Rede, wo ich denn das Klavierlernen geübt hätte. Ich zeigte ihr meine aufgemalte Tastatur. Zu Weihnachten bekam ich mein eigenes gebrauchtes Klavier, und das war buchstäblich das größte Geschenk in meinem Leben.

Ich spielte von morgens bis abends und bald zogen wir beide, ich und Klavier, in den Keller um, denn in unserem Reihenhaus war sogar das Niesen vom Nachbarn nicht zu überhören. Mein Vater richtete mir im Keller ein „Studio" ein, wie er es nannte, einen Geräuschschutz, damit die Nachbarn und an der ersten Stelle er selbst, nicht verrückt wurden. So konnte ich weiter spielten.

Die Musik klang ständig in meinem Kopf, während des Unterrichts in der Schule, im Pausenhof, zu Hause und sogar in der Nacht. Es war die geniale Weltmusik, eine riesige musikalische Sammlung, die von Kassetten, CDs, aus dem Radio, Fernseher, aus dem Musikunterricht in meinen Kopf strömte und dort für immer blieb. Lange Zeit war ich noch unwissend, dass ich eine „konservierte" Musik höre, aber als meine Musiklehrerin mir ein

Abonnement für die Philharmonie schenkte, erlebte ich beim ersten Konzert einen richtigen Schock. Das war wie ein Vergleich zwischen einem lebendigen Menschen und seinem Abbild, einer Puppe oder Wachsfigur. Bis dahin kannte ich nur solche „Abbilder". Ab diesem Zeitpunkt mussten alle Geschenke meiner Eltern, egal ob zum Geburtstag, zu Weihnachten oder Ostern, Konzertkarten sein. Ich schwamm in einem Musikmeer und es war allen klar, dass ich dort lebenslang bleiben würde.

Ich gewann etliche Preise und Musikwettbewerbe und wurde an der Hochschule für Musik in Berlin aufgenommen. Ich zog weg von meinen Eltern und mietete ein Zimmer im Studentenwohnheim. Ohne recht zu wissen, was auf mich zukam, landete ich im Zentrum des Studentenlebens.

Mein Nachbar aus dem Nebenzimmer, der genauso wie ich Michael hieß, war befreundet mit dem ganzen Campus. Er war ein großer, kräftiger Bursche, der virtuos Violine spielte, die in seinen mächtigen Händen wie ein Kinderspielzeug aussah. Michael war mit einem ewig strahlenden Gesicht und dem guten Mut eines Menschen ausgestattet, der keine innere Spannung hat. Bei ihm gab es Partys, tagein, tagaus. Da wir, wie im Reihenhaus meiner Kinderzeit, nur eine dünne Wand zwischen unseren Zimmern hatten, klopfte er am Anfang bei mir und entschuldigte sich wegen des Lärms und dass seine Party bald richtig beginnen werde. Ich sagte ihm, dass das kein Problem für mich sei, und er lud mich kurzerhand ein, dazuzukommen.

„Das ist Michael, ein Freund von mir", stellte er mich direkt allen Gästen vor und ich war erstaunt, dass er mich als Freund bezeichnete, obwohl ich bloß sein Nachbar war.

Michael hatte bestimmt tausend Freunde und als er mich fragte, ob ich mit ihm zu der einen oder anderen Party gehen wollte schlug ich das nie aus. Alle gewöhnten sich langsam daran, dass ich sein ständiger Begleiter wurde. Ein Mädchen aus dem Kreis der Vokalistinnen gab uns sogar Spitznamen, ganz wie in der Schule – er „Micha-So", weil er mit Nachnamen Sommer hieß, und ich „Micha-Li", „Li" für Lindner.

In meiner Musik-Karriere passierte etwas Entscheidendes. Meine Musiklehrer und Mitstudenten hatten entdeckt, dass ich ein sehr guter Klavierbegleiter war. Ich etablierte mich als ein idealer Partner bei Duetten. Klavier wird in vielen Ensembles als Begleitung benötigt, doch viele Pianisten finden diese Rolle entmutigend. Mancher Pianist fühlt sich als regelrecht zweitrangige Figur, wenn vorne auf der Bühne ein Violinist oder Flötist spielt. Ich dagegen liebte es.

Das war allerdings keine leichte Aufgabe, mit jemanden im Duett zu spielen. Man musste nicht nur seine eigenen Emotionen und das Spiel kontrollieren, sondern auch den Duettpartner zu seinem Glanz kommen lassen. Ich liebte diese Aufgaben. Ich spürte die feinen Nuancen der Begleitung, war wie eine Hebamme, die eine Geburt der Musik unterstützt, ohne etwas zu beschleunigen oder zu reißen. Mit Maya, meiner Mitstudentin, spielte ich ein Duett D moll von Felix Mendelssohn für Violine und Klavier. Und wir ergatterten beim Tschaikowsky-Wettbewerb den ersten Platz. Danach folgte eine Konzertreihe, bei der wir ganz erfolgreich spielten. Das war eine prall gefüllte, tolle und erfolgreiche Zeit.

Als dieser erste Schwung wieder etwas abebbte, stellte ich fest, dass sich in dieser Zeit eigentlich ganz wenig in meinem Leben geändert hatte. Mein Zimmernachbar Michael-So verließ sein Zimmer und studierte im Ausland weiter. Maya begann erfolgreich ihre Solo-Karriere und keiner war mehr an meiner Begleitung

195

interessiert. Micha-Sos Freunde, die ich von den Partys kannte, begrüßten mich zwar freundlich, machten aber keine Umstände, mich einzuladen. Und ich hatte Hemmungen, sie damit zu belästigen. In meinem vierten Studienjahr war ich wieder zu dem geworden, das ich schon immer war: zu einem Außenseiter.

Gegen die Einsamkeit, die ich jetzt stärker noch als vor der Micha-So-Zeiten spürte, half nur ein Heilmittel: Ich flüchtete in die Musik. Ich verbrachte jetzt meine ganze Zeit an der Hochschule. Da ich in meinem Zimmer kein Instrument hatte, zog ich praktisch in meine Klavierklasse um. Selbst das Essen nahm ich jetzt mit und gewöhnte es mir ab, in die Mensa zu gehen, die ich mit Micha-So noch jeden Tag besucht hatte.

Es war diesmal Maya, die mir zu einer neuen Bekanntschaft verhalf. Eines Tages klopfte es an der Tür meiner Klasse, aber ich hörte das nicht. Ich bereitete ein Solo-Programm vor und wollte damit groß punkten. Als ich aufgehört hatte zu spielen, hörte ich Applaus und Rufe: „Bravo!" Ich schreckte auf. In meinem Raum standen Maya und ein unbekannter Mann.

„Maya!" Ich umarmte sie. „Ich bin froh, dich zu sehen. Was machst du denn hier?"

„Ich freu mich auch", sagte sie herzlich. „Ich wollte dir jemandem vorstellen, der dich dringend braucht." Hinter ihr stand ein sympathisch lächelnder Mann, mit asiatischen Zügen.

„Das ist Li Zhang", stellte Maya uns vor, „und das ist Michael Lindner".

Wir reichten uns die Hände und lächelten uns an.

„Sie haben hervorragend gespielt", sagte Li mit einem starken Akzent, der mich an meine Mutter erinnerte.

„Habt ihr schon gegessen? Ich wollte gerade in die Mensa gehen", sagte ich so lässig, als ob ich das immer noch jeden Tag tun würde. Maya und Li folgten mir. Wir plauderten über dies und das. Li kam aus Südkorea und hatte dort eine Musikakademie in Fach Cello absolviert. Er hatte schon konzertiert und wollte in Deutschland an einem ARD-Wettbewerb teilnehmen. Seine Wahl war auf ein Schostakowitsch-Konzert gefallen.

„Nicht schlecht." Ich hob die Augenbrauen.

„Ich habe Sie gehört, mit Maya", sagte Li. „Ich möchte Sie als Begleiter gewinnen."

Li's Deutsch war etwas holperig und so wechselten wir ins Englische, damit er sich wohler fühlte.

In mir stieg ein prickelndes Gefühl auf, das ich als Kind vor meinen Geburtstagen verspürt hatte. Ich war seit langem nicht mehr unter Menschen gewesen und meine Sprachmuskeln holten die stille Zeit nach. Ich fand die Gesellschaft von Li und Maya so toll, dass ich ununterbrochen plapperte. Ich erinnerte mich an die Partys, die wir zusammen gefeiert hatten und an die gemeinsamen Proben mit Maya. Wir lachten viel und überraschten Li mit unserer Begeisterung für die Wiener Würstchen, die wir nach einigen Konzerten in großen Mengen verschlungen hatten.

„Das war eine echt große Zeit!", prustete schließlich Maya heraus und wischte sich die Lachtränen aus den Augen. „Was hast du denn jetzt vor?"

„Ein Solo", sagte ich stolz.

„Das, was wir gerade gehört haben?", fragte Li. Ich nickte.

„Das ist großartig", sagte er anerkennend.

„Danke." Ich war tief berührt von seinen Worten. Man hört das Lob von einem Musiker selten.

„Schon konkrete Pläne damit?", fragte Maya.

„Noch nicht", sagte ich ausweichend, denn darum hatte ich mich noch nicht bemüht.

„Schau mal Micha-Li", im Laufe des Gesprächs wechselte sie zu meinem alten Spitznamen, „Li hat konkrete Pläne. Er hat dich gesucht und würde gerne mit dir auf dem Wettbewerb auftreten".

„Das wäre mir eine Ehre", sagte Li und beugte sich etwas vor. „Bitte überleg dir, ob das in deinen Zeitplan passt".

„Ja, überlege es dir", sagte Maya und ruderte etwas zurück. „Wir haben dich ja regelrecht überfahren."

Ich konnte ihrem Gesicht ablesen, so gut kannte ich sie, dass sie in ihrem Kopf schon nach weiteren Kandidaten kramte.

Ich hielt inne. Ein internationaler Wettbewerb auf solchem Niveau bedeutete, dass mein Solo-Projekt sich auf die Zeit danach verschieben würde. Aber ich zögerte nur kurz. Das Gefühl, wieder mit Menschen zu reden, wieder unter Leuten zu sein, zu plaudern, zu lachen, so lebendig zu sein, war berauschend.

„Ich mache mit", sagte ich zu Li.

„Unglaublich! I am very happy!", rief er und schüttelte mir die Hand.

„Micha-Li", schrie Maya und warf sich mir um den Hals.

„Du wirst sehr viel Spaß haben", sagte sie später, als Li schon gegangen war.

„Er ist ein super Musiker", lachte ich.

„Du auch", sagte Maya kopfschüttelnd. „Scheinst nur so ruhig zu sein, drinnen bist du ein Vulkan."

Ich bereute meine Entscheidung nicht. Maya und Li brachten mich wieder ins Leben. Ich ging wieder zu Partys, Geburtstagen und ins Kino. Maya betreute eigentlich uns beide. Li wurde oft für meinen Bruder gehalten, obwohl wir sehr unterschiedliche Gesichtszüge hatten, ich eher schlank bin und er von kräftigerer Statur ist. Unser asiatisches Aussehen machte uns in den Augen der meisten sehr ähnlich. Mich kränkte das nicht, im Gegenteil:

Das machte mich stolz, wenn jemand fragte: „Ist es dein Bruder?"
Auch Maya, die das Zentrum unseres Trios war, bemerkte einmal,
dass wir auch Brüder sein könnten, weil wir doch beide Lis seien.
Ich Micha-Li und er Li Zhang. Wir Lis wechselten einen Blick und
zuckten dann mit den Schultern. Diese künstliche Verbindung unserer Namen spielte für uns keine Rolle, uns verband etwas viel
Mächtigeres, die Musik.

Bereits am Tag nach unserem Kennenlernen begannen wir mit
den Proben. Li brachte sein Instrument mit, ein hervorragendes
Violoncello, und spielte mir seinen Part aus dem ersten Teil des
Concertos No. 1 in E-flat major von Schostakowitsch vor.

Ich schloss die Augen und spürte, wie die Musik in mich ein-
drang. Seine Art zu spielen berührte mich tief. Nicht nur seine
Virtuosität, obwohl ich zugeben muss, dass sie mich stark be-
eindruckte, sondern sein starkes Gefühl. Jede Note hinterließ auf
meiner Seele eine Spur wie wilde Finger auf der Haut. Wenn er
noch länger gespielt hätte, hätte ich vielleicht vor Schmerz geheult, vor süßem Schmerz, der mich verletzte und zugleich be-
friedigte. Als ich meine Augen öffnete, saß er mit dem Bogen in
der Hand und schaute mich aufmerksam an.

Ich schluckte den Kloß in meinem Hals herunter, atmete tief
durch und wisperte: „Ich weiß nicht, ob ich dir gerecht werden
kann ..."

Er lachte laut, wie verrückt, als ob er unter Drogen stünde,
dann brach seine Heiterkeit abrupt ab und er sagte: „Ich dachte,
du würdest mich nicht für gut genug halten."

Die Zusammenarbeit begann. Wir probten, aßen in der Mensa,
gingen mit Maya zu Partys und diskutierten ununterbrochen über
Musik. Über ihren Sinn und ihre Bedeutung, über das Chaos, das
sie in uns anrichten mochte, und den Versuch alles zu ordnen,

über das „wohltemperierte Klavier" und den schwer übertragbaren Klang.

Maya, die sich in unserer Gegenwart verlassen fühlte, wenn wir uns allzu sehr in Diskussionen vertieften, zog uns manchmal auf: „Ihr seid jetzt wie siamesische Zwillinge."

Aber das waren wir nicht! Ich hatte keine brüderlichen Gefühle zu ihm entwickelt. Wenn ich nachts in meinem Bett lag, stellte ich mir oft vor, ich wäre sein Instrument. Ein perfektes Violoncello. Ich säße hockend zwischen seinen Beinen und mein Hals streckte sich hoch und lehnte an seiner Brust. Seine linke Hand wanderte meinen Hals entlang und machte ein Vibrato auf meiner nackten Brust. Seine Rechte, wie der Bogen, streichelte so meine Körpermitte mit zarten wiederkehrenden Bewegungen, dass ich anfing zu vibrieren, zu singen und zu stöhnen – und ihm mit der wunderschönen männlichen Cellostimme die verborgensten Ecken meiner Seele anvertraute.

Li hatte schon einiges an Notenmaterial studiert und ich musste noch viel nachholen. Tagsüber besuchte ich die Vorlesungen nachmittags probten wir zusammen und abends blieb ich öfter alleine, um etwas voranzukommen. Ich wollte hervorragend spielen. Ich wollte nicht nur ein hervorragender Klavierbegleiter sein ich wollte sein Begleiter sein. Ich wusste nicht, was Li für mich empfand. Ich hatte nie einen Freund gehabt. Wer sollte das als erster sagen? Was ging in seinem Kopf vor? Er war stets freundlich und korrekt, genauso wie ich. Keiner von uns hatte je versucht diese imaginäre Grenze, die eine Person von der anderen trennt zu überqueren. Nur in der Musik gab ich meine Kontrolle auf hier schnürte ich meine Seele aus ihrem Kokon und spürte keine Hindernisse und Barrieren. Wir gingen akribisch jede Passage durch, feilten am Klang und merzten die Ungereimtheiten aus. In der Musik waren wir vereint.

Allein, zu Hause, versprach ich mir, es ihm morgen, direkt morgen zu sagen. Im Rhythmus unserer Musik bewegte ich meine Hand über mein pulsierendes Glied: Moderato, Crescendo zur Allegretto, Allegro, Vivace, Prestissimo, und erschüttert schrie im Höhepunkt: „Li-eeee! Ich liebe dich!" Der Schweiß benetzte meinen Körper, ich flüsterte im Diminuendo „Li-ee, ich liebe dich", die Tränen liefen mir über die Wangen, ich hauchte im Doppelpiano „Li, ich lie ..."

Ich schlief ein und meine Körperflüssigkeiten trockneten. Wenn ich Li am nächsten Morgen sah, war meine Kehle genauso trocken. Ich setzte meine korrekte, zuvorkommende, anständige Maske auf und konnte ihm rein gar nichts sagen.

Unsere Proben waren meist sehr produktiv. Wir hatten bald schon den größten Teil unseres Konzertes einstudiert. Aber der mittlere Teil blieb etwas sperrig. Er ist auch besonders kompliziert. Li wollte ihn in besonders schnellem Tempo darbieten. Seine Virtuosität machte es ihm möglich und er wollte statt Allegro, also schnell, Prestissimo spielen, also so schnell, wie es geht. Ich hatte eine gute Klaviertechnik und war ein geübter Pianist, doch was Li von mir verlangte, gelang mir nicht. Seit Beginn unserer Arbeit war dies das erste große Hindernis. Li erklärte immer wieder, was er von mir wollte, ich leistete mein Bestes, doch es klappte nicht. Li hörte mitten in der Passage auf, wir fingen von vorne an, dann hörte er wieder auf. Wir starteten erneut, bis er aufstand und zum Fenster ging. Li sagte: „Steh auf, Michael, komm her."

Ich stand widerwillig auf und ging zu ihm. Ich war dermaßen deprimiert, dass ich ihm nicht das geben konnte, was er von mir wollte. Ich schaute auf den Boden.

„Gib mir deine Hand, Michael", forderte Li.

Ich streckte meine Hand aus, er nahm sie und legte sie auf seine Brust. Ich hörte auf zu atmen, als ich seinen Körper unter meinen Fingerspitzen fühlte. Mein Herz begann zu galoppieren wie ein wilder Hengst. Das Blut pochte mir in den Schläfen, hämmerte in meiner Brust und schlug bis in den Bauch, als Li seine beiden Händen auf meine Hand legte und sie an sich presste.

„Hörst du?", wisperte er.

Trotz wilden Rennens in meinem Kopf hörte ich seinen Herzschlag. Er schlug klar. Eins. Pause. Zwei. Pause. Drei. Pause. Vier. Pause. Tempo Moderato. Ein stabiler Herzschlag eines gesunden und ruhigen Menschen. Ich hob meine Augen und starrte ihm ins Gesicht. Er schaute mir direkt in die Augen. Das Tageslicht erhellte uns und ich sah in seinen Pupillen mein winzig kleines Spiegelbild.

„Hörst du, Michael? Das ist mein Herzschlag. Das ist unser Herzschlag. Wir sollen uns vereinen. Nicht mehr jeder für sich sein. Wir sollen verbunden sein. Unzertrennlich."

Ihm pumpte das Herz in gemessenem Tempo das Blut durch den Körper, mir schlug es dagegen immer schneller: ein Achtel, ein Sechzehntel, ein Zweiunddreißigstel. Bald wird meine Brust zerbrechen und mein Herz in Lis Händen liegen. Ich sollte es ihm endlich sagen. Jetzt oder nie.

„Li", ich räusperte mich und befeuchtete meine vertrockneten Lippen. „Ich lie …"

„Ich weiß", unterbrach er mich und lächelte mich an, ohne meine Hand loszulassen.

„Das ist total schwer. Wir beide sind zwei verschiedene Menschen, aber in diesem Stück sind wir ein einziges Wesen, ein Fusion. Verstehst du? Als ob wir vereint sind", flüsterte er und ließ meine Hand los.

Ich stürmte in den Toilettenraum und wusch mir das Gesicht mit kaltem Wasser. Ich war so aufgeregt, dass ich eine lange Zeit brauchte, um mich zu beruhigen.

„Was wollte er mir damit sagen? War das ein Annäherungssignal? Warum bin ich nur so unerfahren?" Ich fühlte mich ziemlich verloren. Als ich in die Klasse zurückkehrte, war Li nicht mehr da. Ich übte, bis es spät wurde, und schwamm allein und ungehindert in einem uferlosen Musikozean.

Bei den nächsten Proben kamen wir nicht mehr auf dieses Thema zurück. Li war wieder sehr zufrieden mit unseren Fortschritten. Wir aßen zusammen in der Mensa, plauderten mit Maya und ihren Bekannten.

Bis zu unserem Auftritt unternahmen weder Li noch ich weitere Annäherungsversuche. Ich merkte, dass die ständigen Proben, Partys und das reguläre Studium mich ziemlich mitgenommen hatten. Ich war richtig erschöpft. Das lag zum Teil daran, dass ich jetzt immer weniger und immer schlechter schlief. Ich zögerte lange, aber dann kaufte ich mir statt der nutzlosen Baldriandragees, die auch meine Mutter immer im Badeschrank hatte, starke synthetische Schlaftabletten, die mir wirklich halfen. Ich nahm eine beim Zubettgehen ein und versank eine halbe Stunde später in die Tiefe des bilderlosen Traumes. Eine Woche voll durchgeschlafener Nächte tat mir richtig gut. Vor dem Wettbewerb fühlte ich mich zuversichtlich und stark.

Die erste Runde des berühmten ARD-Wettbewerbs bestanden wir mit Bravour, in der zweiten lagen wir hinter einem hervorragenden Duo aus Spanien und bald standen wir im Finale und das bedeutete: Alles oder nichts. Li und ich waren beide erfahrene

Musiker, doch vor unserem Auftritt war die Aufregung groß. Es stand viel auf dem Spiel. Ein Wettbewerb dieser Klasse konnte den Durchbruch in unseren Karrieren bedeuten. Im Saal saßen auch viele Professoren und Musikkritiker, auch meine Mitstudenten und viele unserer Bekannten. Einige Stellen in unserer Ausführung wollten wir im Finale ein wenig neu und ziemlich prätentiös darbieten. Das gab uns in den Proben viel Ansporn und versetzte uns jetzt in Unruhe.

Wir standen in einem kleinen Raum hinter der Bühne, in Schale geworfen und startbereit. Li sah in seinem weißen Sakkohemd mit Fliege und Frack atemberaubend aus. Seit meinem gescheiterten Annäherungsversuch war ich zu meinem üblichen freundschaftlichen Ton zurückgekehrt und wollte dieses sichere Terrain gewiss nicht verlassen. Li ging nervös durch das Zimmer und lauschte gespannt, wie die Zuschauer den großen Saal füllten. Er streichelte ab und zu sein Cello, als ob sein Instrument ihm zusätzliche Kräfte verleihen könnte. Er presste die Lippen zusammen, klopfte sich auf die Beine und war ziemlich aufgeregt. So verloren sah ich ihn zum ersten Mal, seit unserem ersten Treffen.

„Komm, Li, beruhige dich. Wir sind gut", sagte ich ihm aufmunternd.

Er warf sich mir entgegen und drückte mich mit einem Seufzer fest an sich. Das war kein freundschaftliches Umarmen. Ich drückte ihn fest an mich. Wir pressten uns eng aneinander, wie zwei verlorene Seelen, die sich endlich gefunden hatten. Er schluchzte und legte sein Gesicht an meine Schulter. Ich drückte ihn noch stärker an mich. Sein Herz hämmerte wie verrückt. Ich spürte seine Lippen an meinem Hals. Er befreite sich aus meiner Umarmung, drehte sich um und putzte die Nase.

„Li?", rief ich ihn leise. Er drehte sich zu mir.

„Danke", sagte er. Seine Augen waren feucht. „Alles in Ordnung". Er schaute zu mir in solcher Liebe, dass ich mich fühlte wie eine leere Ballonhülle, die sich mit Luft auffüllte.

Dann gingen wir auf die Bühne und spielten. Genial. Alles, was unsere Technik uns erlaubte, nährten wir mit dem unbeschreiblichen Gefühl der aufkommenden Liebe. Jeder Ton, jede Note sprach von unserer Zuneigung, unseren Gefühlen, unserer Zukunft. Li übertraf sich selbst. Noch nie hatte ich ihn in solchem Rausch erlebt. Ich kann mich an mich selbst, als Person, überhaupt nicht erinnern. Ich war nicht mehr ein Klavierbegleiter. Ich war Es, das Duett. Ich dachte an nichts. Ich löste mich in dem Musikkosmos auf. Es existierten keine Grenzen mehr. Nur wir, ein zusammengeschmolzenes Wesen aus Cello und Klavier.

Nach unserer letzten Note tauchte ich in eine Stille, die kalt und klirrend wirkte. Die letzten Vibrationen hallten noch in meinem Körper, als der Saal schier explodierte. Das war ein unbeschreiblicher Moment! Wir wurden wie zwei Helden gefeiert. Drei Mal gingen wir wieder auf der Bühne und der Saal applaudierte uns im Stehen! Maya kam in unsere Garderobe, drückte uns, warf sich uns um den Hals, dem einen wie dem anderen.

„Ihr seid verrückt, Jungs! Ich habe fast geheult! Ihr seid zweifelsohne die Besten! Zieht euch um, wir gehen feiern!" Ich blickte fragend auf Li. Er sah erschöpft aus.

„Nein, Maya, heute nicht. Ich glaube, das machen wir morgen. Wir brauchen heute Ruhe", sagte ich.

„Na, los kommt doch mit. Alle warten auf euch." Ließ Maya nicht locker. Ich drehte mich zur Li. Wollte er mitkommen? Aber er bewegte verneinend den Kopf.

„Nein, Maya. Danke für die Einladung, aber das schaffen wir heute nicht. Wir bleiben heute allein und feiern morgen zusammen."

„Okay, ihr großen Musiker. Erholt euch. Ich kann das verstehen. Nach meinem ersten Konzert habe ich auch glatt zwanzig Stunden geschlafen."

Sie küsste uns nacheinander auf die Wangen und verschwand.

„Willst du zu mir kommen und etwas trinken?", fragte ich Li so einfach, als ob wir schon Jahre zusammenlebten.

„Ja, gerne", sagte er.

Wir zogen uns um, packten das Cello und liefen zu Fuß zu meinem Appartement. Li war das erste Mal in bei mir und ich war auf seinen Besuch nicht vorbereitet. Aber heute schien alles zu klappen. Ich fand in meinem Kühlschrank genug Futter und bastelte uns ein schönes Nachtessen. Eine Flasche Wein fand sich auch in meinen Vorräten und wir stießen mit den Gläsern auf unseren Erfolg und auf unsere Zukunft an.

Wir plauderten, Li erzählte mir aus seiner Kindheit und dass es nicht leicht für ihn gewesen war, an der Musikakademie einen Platz zu bekommen. Ich erzählte ihm von meinem Vater und meinem Schreck vor den Sternen und unerreichbaren Planeten. Ich sah in sein fröhliches Gesicht und spürte, dass er genau wusste wie es weiter zwischen uns gehen wird. Mir war so leicht ums Herz, ich hob mein Glas und sagte:

„Auf die Liebe!"

„Auf die Liebe!", sprach Li mir nach.

„Ich liebe dich, Li", sagte ich einfach.

Li verschluckte sich.

„Mich?", fragte er erstaunt.

„Ja, ja", schrie ich, endlich befreit von meinen Hemmungen „Ich. Liebe. Dich. I love you!", schrie ich lauthals, ohne Angst jemandem zu wecken.

„Aber, aber…", stammelte Li und ich bemerkte, wie er erstarr-te. Seine Augen waren groß, sein Mund stand halb offen. Eine angstverzerrte Maske.

„Michael …. Ich. Wir. Es tut mir leid …"

Während er zu sich fand und mir mit zitternden Worten ver-suchte zu erklären, dass er an meiner Liebe gar nicht interessiert sei, dass er Frauen bevorzugte und sogar eine Freundin hatte, die Natalie hieß – da tat sich hinter ihm auf der weiß gestrichenen mit Fasertapeten beklebten Wand der Studentenheimwohnung ein schwarzer Fleck auf. Dieser Fleck vergrößerte sich unheimlich schnell und schluckte alles, was in seine Nähe kam. Bald konn-te ich die Küchenzeile, Schrank und Schreibtisch nicht mehr se-hen. In Fäden zog es sie in den schwarzen Fleck. Der jammernde, schluchzende Li mit seiner unnötigen Nata-Li-e, das Bett, die Vor-hänge samt Fenster und Nachtbeleuchtung, Computer, Stehlampe, Tisch mit den Resten von unserem festlichen Essen, alles sauste in das Schwarze Loch hinein. Ich stand auf, ging ins Badezimmer, die Schwärze kroch hinter mir nach. Ich öffnete den Badezim-merschrank und holte meine Schlaftabletten heraus. Ich schüttete sie mir alle in die Hand und schluckte sie mit Wasser hinunter. Die Schwärze hämmerte an die Tür. Bald wird sie auch mich ver-schlingen. Ich legte mich in die Badewanne und wartete. Ich sah wie die Badezimmertür langsam verschwand, und der Sog stärker wurde. Ich konnte sehen, wie mein Körper sich zu Spaghettifäden zerriss, sich verlängerte, meine Beine unendlich lang und dünn wurden, unwillig, sich zu widersetzen. Schon verschwand ich bis zur Hüfte in dem Schwarzen Loch, als ich Li erkannte. Sein wei-nendes, schmerzverzerrtes Gesicht. Ich streckte meine meterlan-gen Arme nach ihm „Li-ie-ee …", doch ich griff ins Leere.

Nachwort der Autorin

Ich freue mich über Ihr Feedback.
anna-rudy@gmx.de

Ich wurde im ukrainischen Dnipro geboren. Seit 1995 lebe ich in Deutschland, habe Kommunikationsdesign und Philosophie in Köln studiert. Als ich nach Deutschland kam, durchlebte ich eine Metamorphose. Durch die Hindernisse der fremden Sprache wurde ich schweigsam. Ich beobachtete zwangsläufig mehr, lauschte gespannt und griff zu Hause nach dem Stift, um flüchtige Gedanken und Gesprächsfetzen festzuhalten. Dabei lernte ich die Bewohner des Landes kennen, sowohl Einheimische als auch Migranten, die genauso wie ich aus allen Teilen der Welt nach Deutschland kamen.

Im Titel „Fremde Heimat" liegt an sich ein Widerspruch, der ein ganzes Spektrum von Gefühlen und Emotionen der Protagonisten zusammenfasst. Jeder Mensch, von dem ich in diesem Buch erzähle, ist fiktiv, jeder könnte tatsächlich existieren. Das Buch lädt sowohl Einheimische als auch Migranten zum Gespräch ein, sich Gedanken darüber zu machen, wie wenig fremd, wir Menschen, in vieler Hinsicht doch sind.

Lust auf mehr?

Geschichten über die Kraft der vier Elemente
und ihren Einfluss auf das Leben

Von: Ingmar Ackermann, Anke Breuer, Agnes Decker,
Norbert Görg, Angela Hoptich, Oliver Kreuz, Gisela Kruyer,
Anna Rudy, Sarah Schönfeld, Nina Weber und Katja Winter

Anthologiereihe „Elemente"
Band 1 bis 3 als Ebook und Taschenbuch erhältlich:

JAHRHUNDERTFLUT
Hochwassergeschichten aus Köln
192 Seiten, ISBN 978-3-74316-180-1

FLAMMENSPIEL
Geschichten über das heiße Element
220 Seiten, ISBN 978-3-75283-253-2

STURMGESANG
Geschichten über Luft, Liebe und das Leben
252 Seiten, ISBN 978-3-73477-389-1

Freie Kunstschule Köln

kunstschule-koeln. de

- **Kunststudium, berufsbegleitend**

- **Wochenendstudium**

- **Künstlerisches Trimester**

- **Diverse Zeichen- und Malkurse**

- **Aktzeichnen**

- **Mappenvorbereitungskurse**

Helmholtzstr. 6-8
50825 Köln-Ehrenfeld
Tel. 0221-259 34 01
post@kunstschule-koeln.de
www. kunstschule-koeln. de